# ALFRED BODENHEIMER

# MORD IN DER STRASSE DES 29. NOVEMBER

EIN JERUSALEM-KRIMI

ROMAN

K
A
M
P
A

Wenn Sie zweimal jährlich über unsere Neuerscheinungen informiert werden möchten, schreiben Sie uns bitte an:
newsletter@kampaverlag.ch oder
Kampa Verlag, Hegibachstr. 2, 8032 Zürich, Schweiz

**DIE GRÜNE SEITE DER KAMPA RED EYES**

Gedruckt auf säurefreiem und chlorfrei gebleichtem Papier aus verantwortungsvollen Quellen, zertifiziert durch das Forest Stewardship Council. Der Einband enthält kein Plastik, die Kaschierfolie ist aus nachwachsenden Rohstoffen hergestellt und kompostierbar.

Veröffentlicht als Kampa Red Eye

Covergestaltung: Lara Flues, Kampa Verlag
Coverabbildung: © Gabriella Street
Satz: Tristan Walkhoefer, Leipzig
Gesetzt aus der Stempel Garamond LT / 220150
Druck und Bindung: CPI books GmbH, Leck
Auch als E-Book erhältlich
ISBN 978 3 311 12559 4

www.kampaverlag.ch

# 1

Kurz nach Mitternacht hatte mehrfaches Sirenengeheul von Polizei- oder Krankenwagen sie geweckt, ziemlich lange und penetrant, offenbar in einem benachbarten Quartier. Aber ihr Telefon blieb stumm, also musste sie auch nicht mehr wissen. Sie schlief rasch wieder ein, doch um kurz nach drei Uhr wachte sie wieder auf. Es war kalt im Zimmer – ein Winter, der nicht zu enden schien.

Die letzten Wochen ihrer fast vollständigen Einsamkeit hatten bei Kinny Glass Spuren hinterlassen. Natürlich war sie dauernd über Videoplattformen und per Telefon mit allen möglichen Kolleginnen und Kollegen im Gespräch, und in einzelnen Fällen rief man sie auch persönlich dazu. Vor einigen Tagen hatte sie einen verzweifelten Familienvater am Sprung vom Balkon seiner Wohnung in einem der modernen Hochhäuser von East Talpiot hindern müssen. Sie hatte es am Ende geschafft und war nach vielen Stunden völlig erschöpft nach Hause gefahren.

Bis vor Kurzem hatte der Mann gut gelebt, hatte seiner Familie erst vor wenigen Jahren die hübsche Vierzimmerwohnung im vierzehnten Stock gekauft, sie war sein ganzer Stolz. Doch dann kam der *seger*, der Lockdown des ganzen Landes. Seine Frau wurde von dem Kleidergeschäft, in dem sie arbeitete, sofort entlassen – da sie erst gut zwei Monate dort arbeitete, hatte sie kein Anrecht auf Arbeitslosengeld –, und er musste sein Geschäft für Souvenirs und Ritualgegenstände schließen. Die Politiker hatten vollmundig Hilfe für alle wirtschaftlich Betroffenen angekündigt, doch die ohnehin schon berüchtigte Bürokratie der Ministerien und der Nationalen Versicherungsanstalt erwies sich als völlig überfordert von dem Ansturm, der sogleich einsetzte. Überhaupt war ganz unklar, ob, was und wie viel einem wie ihm überhaupt zustehen würde, während sich die Rechnungen unbeirrt und erbarmungslos auftürmten.

Er hatte keinen Ausweg mehr gesehen.

Auch Kinny hatte ihm keinen aufzeigen können. Sie hatte ihm lediglich in seiner Balkontür stehend, langsam sprechend (Regel eins der Panikbekämpfung) klarmachen können, dass er für seine Kinder da sein müsse. Verhungern würden sie nicht, das kam heute in Israel einfach nicht mehr vor, und irgendwann kam man auch wieder auf die Beine. Aber wenn ihr Vater sich umbrachte, würde das die Kinder ein Leben lang verfolgen.

Diese Vorstellung hatte offenbar gewirkt. Langsam, schluchzend, entkräftet war der Mann vom Balkongeländer, auf dem er rittlings gelegen hatte, auf die richtige, die sichere Seite hinuntergeglitten, wo ihn Sekunden später zwei Polizisten mit Atemschutzmasken und Handschuhen behutsam, aber entschieden gepackt und in die Wohnung getragen hatten.

Es war dieser Anblick, der Moment seiner Kapitulation und ihres Erfolgs – jener Moment, in dem sich jeder Polizeipsychologe normalerweise innerlich auf die Schulter klopfte und den Job an die Kollegen in den

Kliniken weiterreichte –, der sie nicht mehr losließ und auch jetzt wieder einholte. Der Anblick des Mannes, ungefähr in ihrem Alter, zusammengesunken auf dem Boden seines Balkons, von dem er noch wenige Wochen zuvor zufrieden auf die unter ihm liegende Stadt geblickt haben mochte, ein kleiner König seines Reiches, war ihr erschienen wie ein Sinnbild des ganzen Landes, das den Boden unter den Füßen zu verlieren drohte. Sie musste auch an ihre Eltern denken, die natürlich zu den Risikogruppen zählten, mit einer Mischung aus Angst, es könnte ihnen etwas geschehen, und schlechtem Gewissen. Seit Langem konnte sie nicht mit ihnen sprechen, ohne genervt zu sein, und zugleich nicht an sie denken, ohne Schuldgefühle zu empfinden. Sie hatte das Bedürfnis, mit jemandem zu reden. Aber wen konnte man um vier Uhr morgens guten Gewissens anrufen? Sie wählte die Telefonnummer von Golan. Bei ihm war es jetzt neun Uhr abends.

Er hob nach wenigen Sekunden ab. »Um Gottes willen, Kinny, bei euch muss es doch mitten in der Nacht sein!«

»Vier Uhr. Ich kann nicht schlafen.«

*»Welcome to the club.«*

»Du leidest auch an Schlafproblemen?«

»Halb New York leidet an Schlafproblemen. Du weißt schon, *the city that never sleeps.*«

Er erzählte ihr, dass er ganze Nächte damit zubringe, Playlists mit Songs über New York zusammenzustellen, die er sich dann in den folgenden Nächten anhöre. Songs, in denen die Stadt lebe, pulsiere, schwitze und lache, während man in der Realität gerade die Autos auf der Fifth Avenue einzeln abzählen könne. Arbeiten? »Nach der Wiederauferstehung der Toten wird es vielleicht wieder ein paar Leute geben, die an einem guten Fundraiser interessiert sind.« Dass seine Frau Fiona, die Ärztin war, Sonderschichten in einem Krankenhaus schob, wo sie nicht im Entferntesten gegen das Virus ausgerüstet waren, verbesserte seine Gemütslage nicht.

»Und die Kinder?«

»Sitzen zu Hause und wissen nichts mit sich anzufangen.«

»Habt ihr denn kein Homeschooling?«

»Doch, aber miserabel organisiert. Dauernd kommen sie zu mir und fragen mich irgendwas, was sie nicht verstehen. Ich sage ihnen: Das kann doch nicht sein, wenn ihr in der Schule sitzt, könnt ihr mich auch nicht die ganze Zeit löchern mit irgendwelchem Zeug, das ihr nicht kapiert. Und das Vermögen an Schulgeld, das ich da reinstecke, kann ja nicht den Zweck haben, dass ich dann zu Hause mit ihnen unverständliche Aufgaben lösen muss, bei denen ihnen sonst keiner hilft.«

»Mit dieser Haltung bringst du sie nicht gerade weiter, mein Lieber. Für sie ist ja diese Situation auch eine Herausforderung. Und für die Lehrer sowieso.«

»Ja, Frau Diplompsychologin, das verstehe ich schon. Aber ich krieg das nicht hin. Den ganzen Tag tigere ich im Haus rum und mache nichts. Lese nicht, schaue nicht nach dem Garten – nicht mal mehr als zehn Minuten von irgendeinem blöden Film kann ich mir am Stück ansehen. Fiona, wenn sie mal zu Hause ist, ist derart von der Rolle, dass man mit ihr kaum reden kann.«

Golan wäre nicht darauf gekommen, Kinny nach ihrem eigenen Befinden oder dem Mias zu fragen. Auch nicht nach den Eltern. Das ganze Gespräch war nur eine Litanei seines Elends. Kinny wusste besser als jeder andere, dass sich hier Dinge aufstauten, die schrecklichen Dinge, die Golans Leben geprägt hatten, und dass soeben das Stückchen Normalität, das er sich aufgebaut hatte, ins Wanken geriet. Dennoch war sie fassungslos über seine Unfähigkeit, über etwas anderes zu reden als über sich selbst. Die Psychologin in ihr erkannte mühelos die Depression, doch als seine Schwester litt sie unter Golans Egomanie. Nach zehn Minuten beendeten sie das Gespräch. Kinny kehrte ins Bett zurück und heulte, um Mia nicht zu wecken, in die Kissen hinein. Sie konnte nicht mehr aufhören, es schüttelte sie, bis sie wie ein kleines Kind begann, nach Luft zu japsen.

Irgendwann schlief sie wieder ein und erwachte erholter, als sie erwartet hätte. Sie duschte ausgiebig, föhnte die Haare und zog sich an. Die Sieben-Uhr-Nachrichten, die sie sonst nie verpasste, hatte sie verschlafen. Deshalb erwischte Nissims Anruf sie völlig unvorbereitet.

»Was sagst du?«, rief, nein, schrie sie.

Nissim wiederholte den Sachverhalt etwas langsamer und ein klein wenig lauter, als wäre es ein akustisches Problem gewesen, weshalb sie zurückgefragt hatte, und nicht der pure Unglaube.

»Diese Nacht. Kurz nach Mitternacht. Ruchama Wacholder und ihr Mann. Vier Schüsse insgesamt. In der Straße des 29. November. Beide sind noch am Tatort verstorben.«

Ruchama Wacholder. Und ihr Mann. Gil. Klar, zunächst fiel der Name Ruchama, denn sie war eine nationale Bekanntheit: Knesset-Abgeordnete, ehemalige Ministerin. Kinny hatte zu den vielen gehört, die ihr politisch fernstanden und sie dennoch respektierten, ja, sogar bewunderten. Aber viel besser gekannt als Ruchama hatte sie natürlich Gil, mit dem Ariel, ihr Ex-Mann, sein Architekturbüro in Rischon LeZion aufgebaut hatte, bevor Gil der politischen Karriere seiner Frau zuliebe zur dortigen städtischen Baubehörde gewechselt war. Ein unabhängiger Architekt, das hatte Kinny bei Ariel gesehen, kannte in den ersten Jahren nur Sechzehnstundentage, entweder weil er sich abstrampelte, um an große Projekte zu kommen, oder weil er sie wirklich bekam. Wenn dann die Frau auch noch in die nationale Politik ging, musste jemand für die Kinder da sein – da war die Stadt als Arbeitgeber die bessere Option gewesen.

Wie oft hatten Ariel und Gil in den glücklichen gemeinsamen Jahren von Rischon die Abendstunden hindurch bei Kinny zu Hause gesessen, weil sie es nach neun Uhr abends im Büro einfach nicht mehr aushielten. Sie hatte ihnen noch etwas gekocht oder aufgewärmt und literweise Kaffee vorbereitet, während die beiden schon wieder über ihren Plänen und Berechnungen brüteten. Manchmal waren sie spätabends auch zu den Wacholders gegangen, aber seltener. Der Grund war, dass Ruchama, die damals noch das bescheidene städtische Erziehungswesen leitete, eine ziemlich schlechte Köchin war, wie Ariel Kinny anvertraut hatte. Sie schaffte es angeblich nicht mal, einen anständigen Kaffee zu brühen.

»Dann war das der Sirenenlärm, den ich gehört habe

heute Nacht«, meinte Kinny nach längerer Pause, einfach um mal was zu sagen.

»Das dürfte so sein«, bestätigte Nissim in seiner gewohnt sachlichen Art. »Ist vielleicht ein Kilometer Luftlinie von deiner Wohnung entfernt.« Das war wohl richtig geschätzt. Das Viertel Katamon, in dem der Tatort lag, grenzte an die German Colony, wo Kinny lebte. Es waren zwei der begehrteren Wohnquartiere im westlichen Teil der Stadt, in denen man zuweilen mehr Englisch als Hebräisch hörte.

»Du weißt, dass ich die beiden gekannt habe, nicht wahr?«

»Ja, das hast du mir mal erzählt. Über deinen Ex-Mann, wenn ich mich recht erinnere. Deshalb habe ich dich auch angerufen. Weil ich dachte, es geht dir nahe.«

»Das ist lieb von dir.«

Einen Augenblick lang war es still zwischen ihnen.

»Kinny?«, hörte sie Nissims Stimme wieder. »Alles in Ordnung?« Wahrscheinlich gab es gerade niemanden auf der Welt, der so besorgt um sie war.

»Nein«, sagte sie. »Ich stehe echt unter Schock.«

»Kann ich verstehen.« Er zögerte einen Moment. »Ich muss leider weiter, Kinny, wir reden später, ja?«

»Warte!«, rief sie. »Was wissen wir denn bis jetzt?«

»Ziemlich viel und ziemlich wenig. Aber ich kann jetzt nicht die Ermittlungen vor dir ausbreiten. Ich muss wirklich weiter, die Sache setzt uns unter Stress. Ich melde mich.«

»Aber Nissim, du kannst mir doch wenigstens …«, rief sie noch in den Hörer, während bereits das Besetztzeichen ertönte.

»Was ist passiert?«, fragte Mia. Sie stand in T-Shirt und kurzen Hosen in der Tür ihres Zimmers, das ungekämmte Haar hing ihr ins Gesicht.

»Gil und Ruchama«, sagte Kinny und starrte vor sich auf die Platte des Esszimmertischs. »Sie sind erschossen worden. Heute Nacht. In Katamon. Mehr weiß ich nicht im Moment. Nissim wollte oder konnte mir nicht mehr sagen. Zu mir kommen sie erst wieder, wenn sie nicht weiterwissen.«

Ihre Tochter umarmte sie. »Das ist grauenhaft, *Ima.*«

Sie drückte Mia an sich und nickte schweigend. Sie spürte, wie eine Träne ihr die Wange hinunterkullerte, und wusste selbst nicht, ob es ein Ausdruck der Trauer war oder des Glücks, in diesem Moment ihre Tochter im Arm zu halten.

Mia und sie hatten einige Kämpfe hinter sich aus der Zeit von Kinnys und Ariels Scheidung. Später waren politische und weltanschauliche Konflikte hinzugekommen, und Kinny hatte, wider besseres Wissen, immer wieder an Mias Freunden rumgemäkelt, was die Atmosphäre nicht verbessert hatte. Sie hatte es als ein Geschenk empfunden, dass Mia vor Kurzem beschlossen hatte, für die Zeit des *seger* ihre WG in Haifa zu verlassen und zu ihr zu ziehen. Niemals hätte sie gedacht, dass sie wieder einmal für längere Zeit unter einem Dach wohnen würden.

»Ich muss mich anziehen und Rotem anrufen«, sagte Mia schließlich und ging ins Bad. Kinny ging in die Küche und stellte das Radio an. Die schockierende Nachricht hatte für den Augenblick sogar das omnipräsente Virus aus den Schlagzeilen verbannt. Während sich ihr alter Espressokocher erhitzte und Kinny darauf wartete, dass ihr Toaster zwei Brotscheiben wieder ausspuckte, fasste die Redakteurin für Polizeifragen von *Reshet Bet* zusammen, was bisher bekannt war. Kinny kannte die Redakteurin. Mit ihrer durchdringend nasalen Stimme hatte sie auch sie schon befragt, ja gelöchert. Sie besaß eine charmante, verbindliche Art, aber man musste genau achtgeben, dass man ihr nicht den einen Satz zu viel noch sagte, den man hinterher bereuen würde.

Das Paar, so fasste die Journalistin zusammen, hatte sich die letzten Tage über in der Jerusalemer Dienstwohnung von Ruchama Wacholder aufgehalten. Seit vielen Jahren hätten sie sich angewöhnt, spätabends zusammen noch mit ihrem Yorkshireterrier Itztrubal (an Hundenamen schien das israelische Publikum ein besonderes Interesse zu haben) eine Runde zu drehen, um auch nach randvollen Tagen wenigstens einige Minuten zum Gespräch zu haben. So auch letzte Nacht. Als sie schon fast wieder zu Hause angekommen waren, hatte jemand, der ihnen offenbar in einem Vorgarten oder hinter einem Auto aufgelauert hatte, insgesamt viermal auf sie geschossen und war dann zu Fuß geflüchtet. Es gab zwei oder drei Leute, die, von den Schüssen aufgeschreckt, aus dem Fenster schauten und jemanden wegrennen sahen, offenbar eine kleine Seitenstraße hinauf, die in eine Treppe mündete. Ein Augenzeuge hatte berichtet, er habe kurz vor den Schüssen oben an der Treppe beim Verkehrskreisel an der Eli-Cohen-Straße ein stehendes Auto mit laufendem Motor bemerkt, sei aber weitergegangen. Ob dies womöglich ein Fluchtwagen war, in dem ein Komplize auf den Täter gewartet hatte, konnte man vorerst noch nicht sagen. Offenbar gab es übereinstimmende Zeugenaussagen darüber, dass der Täter »Allahu Akbar« gerufen habe. Aufgrund der derzeitigen medizinischen Auflagen werde die Beerdigung auf dem Friedhof von Rischon LeZion im allerengsten Familienkreis stattfinden. Die gerichtsmedizinischen Untersuchungen, fügte die Redakteurin hinzu, dürften zeitnah abgeschlossen sein, sodass einer Beisetzung noch am selben Tag, wie es der jüdische Brauch verlangte, nichts im Weg stehe.

Ob man aufgrund der Rufe des Mörders nicht von einem terroristischen Anschlag muslimischer Extremisten ausgehen müsse, fragte der Moderator.

Die Polizei, so meinte die Journalistin, halte sich dazu bedeckt. Es habe sich bislang jedenfalls noch keine der einschlägigen Organisationen zu der Tat bekannt. Außer ein oder zwei lauwarm applaudierenden Kommentaren aus Gaza und dem Libanon über den »überall, zu jeder Zeit aktiven muslimischen Widerstand« habe man von ihnen nichts vernommen. Doch auszuschließen sei nichts, zumal gerade jetzt zu Zeiten des *seger* und der medizinischen Notlage die Atmosphäre zwischen Juden und Arabern in Jerusalem so harmonisch und kooperativ sei wie seit Langem nicht mehr. Da gebe es immer Kreise, die an einer Störung dieser Harmonie interessiert seien. Und dann seien da noch die berüchtigten Einzeltäter, derer man über die Beobachtung der bekannten Gruppen nicht präventiv habhaft werden könne.

»Ein Einzeltäter, auf den oben beim Verkehrskreisel ein Auto wartet?«, brummte Kinny nervös vor sich hin. Aber auch das war vorerst ja nur eine Vermutung.

»Wir müssen doch davon ausgehen, dass die Opfer gezielt ausgesucht worden sind, nicht wahr?«, fragte der Moderator.

»Alles spricht dafür«, sagte die Redakteurin. »Wenn du einfach möglichst großen Schaden anrichten willst, dann gehst du mit einer Bombe oder einer Halbautomatik an einem normalen Freitagabend in die rammelvolle Dizengoffstraße in Tel Aviv, aber nicht mitten in der Nacht während des *seger* in eine Wohnstraße in Katamon. Es scheint, dass der oder die Täter gezielt ein prominentes Opfer ausgespäht und ermordet haben.«

»Aber warum gerade Ruchama Wacholder und ihren Mann?«, fragte der Moderator.

»Yaron«, sprach die Korrespondentin den Moderator direkt an, »du stellst wie immer die richtigen Fragen. Nur habe ich diesmal keine Antwort parat.«

Damit war das Gespräch zu Ende, und wie immer, wenn das Land trauerte, wurde etwas aus dem unerschöpflichen Arsenal melancholischen israelischen Liedguts präsentiert. Diesmal war es Meir Banais »Sha'ar harachamim«, ein Lied über das Tor des Erbarmens, jenes der acht Tore der Altstadt, das in anderen Sprachen den so viel pompöseren Namen »Goldenes Tor« trug. Doch auch die schönste Bezeichnung half nichts, das Tor war seit Jahrhunderten zugemauert und damit der einstmals einzige direkte Zugang durch die Mauer zum Tempelberg unpassierbar.

»Leb einmal, nur einmal / mit Grund, ohne Grund / mit Kraft, ohne Kraft / sha'ar harachamim«, sang Kinny mit, und das Lied stiftete ihr tatsächlich etwas Trost. Danach folgte eine eingespielte Trauerbekundung des

Premierministers. Mit seiner tiefen, sonoren Stimme und den kunstvoll eingelegten Pausen, die jeder im Land schon bis zum Überdruss kannte. »Salz der Erde«, hörte Kinny, »zwei Kämpfer für unsere Demokratie ... vorbildliche, selbstlose, der Sache vollständig hingegebene Israelis.« Dann kam die obligate martialische Drohung an den oder die Täter, die feierliche Versicherung, man werde nicht ruhen und jeden Stein umdrehen (eine besonders beliebte Formulierung öffentlicher Stellen, wie Kinny seit Längerem feststellte), bis man sie gefunden und dem Recht überantwortet habe. Kinny lachte bitter und stellte das Gesülze ab.

Sie fischte die Brotscheiben aus dem Toaster, steckte zwei neue ein, füllte zwei Tassen mit Kaffee und setzte sich an den Küchentisch, den sie inzwischen gedeckt hatte. Es war ein wundervolles Gefühl, für zwei Menschen den Tisch zu decken. Nissim, wenn er ab und zu bei ihr übernachtete, trank immer nur eine Tasse von dem grässlichen Elite-Instantkaffee, den sie bloß seinetwegen im Haus hatte, an dem er aber wie viele Israelis so hing, dass er sogar bei Auslandsreisen eine Dose einpackte.

Mias Gespräch mit ihrer Freundin Rotem schien länger zu dauern. Widerwillig begann Kinny zu trinken und aß einen Toast mit etwas Streichkäse. Es war Ariel gewesen, der vor gut einem Jahr auf Mias Bitten hin ein gutes Wort bei Ruchama eingelegt hatte, um Rotem, die an der Hebräischen Universität Politologie studierte, eine Teilzeit-Assistentenstelle in ihrem Abgeordnetenbüro zu vermitteln. Ariel pflegte seiner Tochter keine Wünsche auszuschlagen – eine Folge der Scheidung, wie

Kinny meinte –, und die Gelegenheit, Mia und ihrer hübschen Freundin zu beweisen, dass er sogar Jobs in der Knesset einfädeln konnte, hatte er sich nicht nehmen lassen.

»Wie geht es Rotem?«, fragte sie Mia, als die nach zehn Minuten endlich in die Küche kam und sich hinter ihre Tasse lauwarmen Kaffees setzte.

»Ich habe das Gefühl, sie steht total neben sich. Ich dachte, sie würde weinen oder erzählen, was sie noch so gehört hat oder was auch immer, aber sie war total einsilbig. Gerade Rotem, weißt du, die du sonst nie zum Schweigen bringst.«

»Ist jemand bei ihr?«

»Ich glaube nicht. Die hockt allein in ihrer Bude und grübelt rum. Vielleicht solltest du sie mal anrufen, *Ima*. Psychologischer Beistand und so.«

Es waren wirklich schwierige Zeiten. Kinny konnte Mia nicht einmal raten, zu Rotem zu fahren und einige Stunden mit ihr zu verbringen. Sie versprach ihrer Tochter, Rotem bald anzurufen.

»Hast du inzwischen noch was gehört oder gelesen zu der Sache?«, fragte Mia.

Kinny erzählte Mia von dem Radiobericht. Dass Gil und Ruchama den Hund ausgeführt hätten, vom angeblichen religiösen Schlachtruf des Täters und den unklaren Umständen seiner Flucht.

»Und warum wollte Nissim dir das nicht erzählen?«, fragte Mia, während sie ihren Toast mit einer dünnen Schicht Butter bestrich.

Mia mochte Nissim nicht besonders. Sie sah ihn als illegitimen Konkurrenten ihres Vaters – obwohl die

Scheidung Jahre her war, Ariel längst wieder geheiratet hatte (wogegen Mia aber nichts zu haben schien) und Kinny ihr schon tausendmal erklärt hatte, dass Nissim nicht ihr »Neuer« war, sondern einfach ein guter Kollege, dem sie manchmal gern nahe war.

»Nissim hatte keine Zeit zum Reden. Die sind so was von gestresst dort. Das ganze Land ist doch in Schockstarre nach einer solchen Tat. Die wollen lieber heute als morgen den Täter überführt sehen. Und die Regierung werden sie auch noch im Nacken haben.« Sie wollte noch eine Bemerkung zur Rede des Premierministers machen, ließ es aber bleiben.

»Wieso sind es immer die Besten, die dran glauben müssen?«, fragte Mia.

»Du hast recht«, sagte Kinny nach kurzem Nachdenken. »Wenn ich an Gil denke, fällt mir eine Redewendung ein, die ich während meiner Studienzeit in Deutschland gelernt habe: Ehrlich bis auf die Knochen.«

Sie erzählte Mia einiges aus der Vergangenheit, was diese damals als Kind nicht mitbekommen hatte. Als Gil aus dem Büro mit Ariel ausschied, ließ er sich nur das auszahlen, was er zu Beginn investiert hatte, obwohl das Geschäft inzwischen wesentlich mehr wert war. Er wusste, dass das meiste Geld in Projekten steckte, und wollte Ariel nicht in Liquiditätsprobleme bringen. Als er dann bei den städtischen Behörden angestellt war, überwies er jedes Mal, wenn Ariel und sie die Wacholders zu einem Abend- oder Schabbatessen eingeladen hatten, anschließend ein paar Hundert Schekel. Anfangs ärgerte Ariel sich darüber, aber Gil erklärte ihm, dass er jedem Verdacht irgendeiner Vorteilsnahme von einem privaten

Architekten vorbeugen müsse. »Wegen einer Kürbissuppe und einem Teller Lasagne?«, fragte Ariel spöttisch. »Du vergisst den Wein und die Eistorte«, antwortete Gil in vollem Ernst. »Im Restaurant hätte das pro Person gut und gerne hunderfünfzig Schekel gekostet.« Und dann hatte er von seinem Großvater erzählt, der Buchhalter einer Firma in Königsberg gewesen war und kurz nach Hitlers Machtantritt entlassen wurde. Noch am Tag, als ihm seine fristlose Entlassung mitgeteilt wurde, blieb er bis in die tiefe Nacht im Büro und machte eine Zwischenabrechnung. Als er am Ende einen Fehlbetrag von achtundvierzig Pfennigen feststellte, zog er einen dicken roten Strich unter das Resultat und legte eine Fünfzigpfennigmünze daneben. Danach verließ er das Büro und warf den Schlüssel in den Briefkasten. »Lieber schenke ich dem Reich zwei Pfennige, als dass sie sagen können, der Jud hat uns bestohlen«, waren seine Worte.

»Aber wenn hier jemand gezielt getötet hat«, sagte Mia, »dann wollte er doch kaum Gil erwischen, sondern Ruchama. Gils Tod wäre dann fast so was wie ein Kollateralschaden, nicht wahr?«

»Keine Ahnung«, sagte Kinny. Aber natürlich deutete alles auf diese Sicht der Dinge hin. Sie überlegte für einen Moment, noch etwas über Ruchama zu sagen, aber sie hatte Angst, das Gespräch könnte zu politisch werden oder zumindest von Mia so verstanden werden. Das Letzte, was sie wollte, war, dieses Frühstück mit ihrer Tochter in eine politische Auseinandersetzung ausarten zu lassen. Denn Mia fand diese Regierung und den in mehreren Korruptionsfällen angeklagten Premier immer noch erträglicher, wie sie sagte, als die Heuchler, Verstaatlicher und Gutmenschen von links, die von nichts eine Ahnung und immer nur was zu meckern hatten. Es war zwecklos, sich hier zu verkämpfen, wenn man es schon einmal schaffte, so einträchtig zusammenzusitzen.

»Was ist wohl aus dem Hund geworden?«, fragte Mia unvermittelt.

»Das haben sie im Radio nicht gesagt«, lächelte Kinny. »Aber sie haben gesagt, wie er heißt. Itztrubal. Ein Yorkshireterrier, wie alle bisherigen Hunde der Wacholders.«

»Der arme Kerl. Vielleicht suchen sie ein neues Zuhause für ihn.«

Kinny schaute Mia von der Seite an. »Untersteh dich!«, sagte sie. »Ein Hund kommt mir nicht ins Haus.«

Mia räumte ihr Geschirr ab und schenkte ihr ein süßes Lächeln, bevor sie in ihr Zimmer verschwand. »Ich bin dann wieder am Arbeiten«, rief sie, bevor sie die Tür schloss.

## 2

Ich hätte nie Geographie studiert, wenn ich vorher gewusst hätte, dass man da auch Statistik lernen muss.«

Dieser Satz fiel immer dann, wenn Jochi, Kinnys Mutter, kurz davor war, wegen ihres Mannes die Nerven zu verlieren. Im Statistikunterricht der Universität Tel Aviv hatten sie sich seinerzeit kennengelernt. Jochi Glass liebte alles, was mit Landvermessung zu tun hatte, war aber ganz besonders vernarrt in die Geographie und Landschaft Israels, am allermeisten die des Nordens. Über dreißig Jahre lang hatte sie am nationalen kartographischen Institut in Jerusalem gearbeitet, das sie fast zwanzig Jahre lang leitete. Ihr Mann Elizur war bei einer der größeren Versicherungsfirmen des Landes Statistiker gewesen.

Ob ihre Eltern eine glückliche Ehe führten, hatte sich Kinny während ihrer ganzen Jugend nie gefragt – obwohl zwischenmenschliche Beziehungen schon früh ihre ganze Leidenschaft weckten. Inzwischen war sie zum Schluss gekommen, dass sie diese Frage wohl gezielt umgangen hatte. Die Eltern hatten während ihrer Jugend so viel zu tun gehabt, dass sich das familiäre Zusammensein faktisch auf die Schabbat- und Feiertage und die obligaten Zwischenfeiertagsausflüge und Ferien beschränkt hatte, die sie kaum je außerhalb von Israel verbracht hatten.

Fast alle wichtigen Entscheidungen, die die Familie betrafen, hatte die Mutter getroffen. Der Vater widmete seine Freizeit vor allem verschiedenen Ehrenämtern, die er in der nahegelegenen Synagoge wahrnahm, und seinem Interesse für Politik. Als treuer Anhänger der Nationalreligiösen war er mit diesen im Laufe der Zeit immer mehr nach rechts gerückt. Anders als Mia, die den politischen Status quo guthieß, weil sie erwartete, dass er am besten geeignet sei, so etwas wie Wohlstand und eine gewisse Stabilität zu gewährleisten, war Elizur Glass Ideologe – mehr noch wahrscheinlich als die Abgeordneten in der Knesset, für deren Liste er jeweils stimmte. An Politik hatte sich seinerzeit auch der einzige handfeste Streit der Eltern entzündet, an den Kinny sich erinnern konnte.

Damals, in den neunziger Jahren, hatte die Regierung von Jizchak Rabin und Shimon Peres die Mutter beigezogen für den Entwurf von Karten, die nach dem Abkommen von Oslo die Aufteilung in einen israelischen und einen palästinensischen Staat vorbereiten sollten.

»Sie werfen unseren Staat den Feinden zum Fraß vor um ein paar freundlicher Worte der Amerikaner und Europäer willen, und meine Frau stellt dafür die Pläne zusammen«, hatte der Vater am Schabbattisch gewettert.

»Es ist unsere Regierung«, meinte die Mutter damals lakonisch. Sie hatte sich politischen Diskussionen seit jeher nach Möglichkeit entzogen, und niemand in der Familie war ganz sicher, welchen Listenzettel sie in der Wahlkabine in das blaue Wahlcouvert steckte.

»Eine schöne Regierung«, hatte der Vater weitergeschimpft. »Für so was haben sie überhaupt kein Mandat.« Das war ein weitherum hörbares Argument der damaligen rechten Opposition.

»Haben sie denn nur dann ein Mandat, wenn auch Doktor Elizur Glass sein ausdrückliches Einverständnis gegeben hat?«, hatte die Mutter entgegnet und die Diskussion über dieses Thema ein- für allemal beendet.

Doch all dies war lange her. Inzwischen waren die Eltern längst in Pension, und so sehr der Vater sich immer darauf gefreut hatte, Zeit zu haben, um sich noch mehr für seine Synagoge zu engagieren und mehr Schiurim zu besuchen – die Mutter hatte sich zuletzt auch darin durchgesetzt, dass sie kurz vor der Pensionierung eine kleine Zweitwohnung an den Hängen von Tiberias kauften, wo sie nun einen Teil des Jahres verbrachten. Von dort aus sah das Ehepaar Glass nun direkt hinunter auf den Kinneret-See (bis heute war ihre Mutter die Einzige, die Kinny bei ihrem offiziellen Namen Kinneret rief) und das am anderen Seeufer liegende Hochplateau des Golan, der seit seiner Eroberung im Sechstagekrieg für viele Israelis zur Erfüllung einer Suche nach fast menschenleeren und fruchtbaren Landschaften mit großartigen Ausblicken geworden war.

Kinny hatte ihre Eltern bekniet, nach Jerusalem zurückzukehren, als die Viruskrise sich abzuzeichnen begann, um sie in der Nähe zu haben, aber sie hatten sich geweigert. Es fehle ihnen hier an nichts, erklärten sie, und an diesem eintönigen Spruch hatten sie während der ganzen Wochen festgehalten. Das Essen ließen sie sich liefern, mit den Kleidern, die sie in Tiberias hatten, kamen sie aus, die Synagogen waren sowieso im ganzen Land geschlossen, sodass dem Vater auch seine

Synagoge hier nicht mehr fehlte als in Jerusalem. Und medizinische Dienste, selbst ein Krankenhaus, gebe es in Tiberias schließlich auch.

Heute kamen die Eltern Kinny mit dem Anruf zuvor. Es war nicht ihre Mutter, sondern der Vater, der anrief.

»Wer war das?«, fragte er, nach nur knappem Gruß.

»Guten Morgen, *Aba*. Du meinst, wer die Wacholders umgebracht hat?«

»Ja. Wer war das?«, wiederholte er. »Was sagt die Polizei?«

Kinny versuchte ihm klarzumachen, was er ja eigentlich sehr genau wusste: dass sie nicht die Verkörperung der Polizei und das Ermitteln nicht primär ihre Aufgabe war. Sie wisse deshalb auch nicht mehr als das, was sie heute morgen im Radio gehört habe.

»Ach, mach dich bitte nicht lustig über mich. Was ihr den Medien sagt und was ihr wirklich wisst, sind doch zwei verschiedene Paar Schuhe. Dein Freund hält dich sicher auf dem Laufenden.«

»Du meinst Nissim? Er ist nicht mein Freund.«

Sie mochte es nicht, wenn Nissim leichthin als ihr Freund betitelt wurde, schon gar nicht von ihren Eltern.

»Ist ja auch egal«, sagte der Vater. »Wichtig ist, dass ihr die Schurken rasch findet.«

»Die Kollegen tun ihr Bestes, glaub mir. Und wie geht es euch so?«

»Na, uns geht's immer gut. *Ima* ist grade beschäftigt, sie ruft dich später an. Schönen Tag.« Und schon hatte er aufgelegt.

»Ja, *Aba*, mir geht's auch gut, danke der Nachfrage«, brummte Kinny kopfschüttelnd in das Besetztzeichen ihres Telefons hinein. Ihr Vater konnte die Fürsorge selbst sein, aber mit zunehmendem Alter kam es bei ihm immer häufiger vor, dass er sich auf bestimmte Dinge fixierte und dann für eine Zeitlang alles andere aus dem Blick verlor.

Vor fünfundzwanzig Jahren, als Rabin erschossen wurde, war das Land in eine Art Schockstarre gefallen. Die Zeitungen publizierten Fotos von den Tausenden Gedenkkerzen auf dem Platz der Könige Israels in Tel Aviv, der später in Jizchak-Rabin-Platz umbenannt wurde. Sie porträtierten einzelne Jugendliche, die in unklarer, aber offenbar sinistrer Beziehung zum rechtsextremen Mörder standen, und vor allem berichteten die Medien von der kilometerlangen Schlange von Menschen, die anstanden, um dem vor der Knesset aufgebahrten Ermordeten die letzte Ehre zu erweisen. Aber woran sich Kinny bis heute erinnerte, das waren vor allem die leeren Gesichter der Menschen auf der Straße und im Bus am Morgen nach der Tat. Man wagte nicht einmal, einander ins Gesicht zu schauen, Bekannte grüßten sich höchstens flüchtig, ein Schleier lag über den Menschen, eine Art Dunst aus Schuld und Trauer darüber, dass das hatte geschehen können, dass man es hatte geschehen lassen. Die kollektiven Trauergesten, die Kinny am religiösen Trauertag von Tischa beAv in den Synagogen oft inszeniert und einstudiert vorgekommen waren – hier zeigten sie sich in ihrer natürlichen, schmerzlichsten Form.

Der Mord an Ruchama und Gil Wacholder war ebenfalls in aller Munde und machte die Menschen perplex, aber die Öffentlichkeit, in der man die Trauer hätte ausleben oder spüren können, existierte im *seger* nicht. Jeder saß in seiner Zelle aufgehoben oder gefangen, manche mit großartigem Blick über den Kinneret, andere in Hochhauswohnungen mit einem verlockenden Abgrund hinter dem Balkongeländer, Kinny in ihrer Wohnung in der German Colony, die ihr zu groß vorgekommen wäre, wenn Mia nicht dagewesen wäre.

Es war nicht einfach, Polizeipsychologin im Homeoffice zu sein. Supervisionen mit den Beamten per Video durchzuführen hatte sich als praktisch unmöglich erwiesen. Manche hatten gar keinen Computer zur Verfügung, weil ihn die Kinder für ihren virtuellen Unterricht brauchten, bei anderen turnten die Kinder während der Sitzung durchs Zimmer, stellten die Wohnung auf den Kopf, riefen aus Jux oder Ungeduld nach den Eltern oder schnitten Grimassen in die Kamera. Doch auch diejenigen, die in ruhigen, eigenen Zimmern saßen, waren nicht wirklich bei der Sache, und man konnte nur vermuten, dass sie nebenbei, treuherzig in die Bildschirmkamera schauend, ihre Profile in den sozialen Netzwerken optimierten oder Nachrichten lasen.

Nach wenigen Versuchen hatte Kinny diese Gruppentreffen im virtuellen Raum aufgegeben. Sie hielt sich weiter zur Verfügung für Einzelgespräche, doch sie merkte schnell, dass das Interesse daran gering war. Auch Polizeibeamte, die sonst immer mal wieder in ihr Büro geschneit waren oder sie angerufen hatten, um einen Termin auszumachen, hielten sich zurück, und die bereits vereinbarten Treffen wurden meist mit Verweis auf die komplizierten Umstände abgesagt. Wer Bedarf hatte, mit ihr zu sprechen, wollte sie nicht in einem kleinen Planquadrat auf dem Bildschirm treffen. Sie hakte nicht nach. Druck aufzubauen war in dieser Situation sicher das Falsche.

Anfangs war sie noch mit einigem beschäftigt gewesen, was sie aufarbeiten musste: Berichte, Protokolle, Gutachten. Doch nach kurzer Zeit ging ihr diese Arbeit aus, Notfälle wie die des verhinderten Selbstmörders blieben trotz angespannter Lage die Ausnahme, für die Eindämmung der zunehmenden Konflikte innerhalb der eingesperrten, manchmal notleidenden Familien rief man in der Regel andere Psychologen als sie. Sie stand im Ruf, eher die messerscharfe Analytikerin zu sein als die mütterlich helfende Stimme. Zu Verhören bot man sie allerdings derzeit auch nicht mehr auf, die waren ohnehin auf ein Minimum reduziert worden. Bald fand sich Kinny tatenlos zu Hause sitzend, einerseits im Dienst und in dauernder innerer Unruhe, andererseits nur sporadisch mit Arbeit versehen. Nachdem sie eine Weile durch alle möglichen Nachrichtenseiten, israelische und ausländische, gesurft war und ihr Kopf sich abends zu drehen begann von all den dauernd aufdatierten Neuigkeiten über das Virus, die ältere Erkenntnisse entweder endlos wiederholten oder glatt entwerteten, griff sie ins Bücherregal und nahm sich das dickste Buch heraus, das sie gerade finden konnte: Hannah Arendts *Elemente und Ursprünge totaler Herrschaft*. Doch wie sie bald merkte, haperte es auch mit dem Lesen. Sie bewunderte und beneidete Mia, die stundenlang in ihrem Zimmer saß, um ihre Abschlussarbeit zu beenden, die sie im Juni einreichen musste.

Inzwischen war sie immerhin stolz, dass sie zu ihrer Gewohnheit zurückgekehrt war, sich nur noch wenige Male am Tag mit der Aktualität zu beschäftigen. Lieber saß sie mit leerem Blick auf dem Sofa als mit brennenden Augen vor den vorbeiflimmernden Illusionen der Nachrichtenlage – selbst jetzt, wo jedermann im Land darauf wartete, bald mehr Einzelheiten über den Mord am Ehepaar Wacholder zu erfahren, und die Medien sich um jedes Häppchen Information oder Vorgeschichte ein wildes Rennen lieferten. Sie würde die Neuigkeiten dazu ohnehin rascher als die Öffentlichkeit aus erster Hand erhalten.

Sie überlegte sich gerade, ob sie, wie sie es Mia versprochen hatte, Rotem anrufen sollte, als sich Nissim tatsächlich wieder meldete.

»Na? Kommt ihr voran?«

»Was heißt vorankommen? Es herrscht Riesenzoff! Jetzt hat sich der Schabak eingeschaltet und möchte alles übernehmen.«

»Weil der Mörder ›Allahu Akbar‹ gerufen hat, nehme ich an.«

»Natürlich, Terrorismus, Islamismus, das kennen wir ja – aber wenn du mich fragst, ist das für unsere Geheimdienstheinis nur ein Vorwand, sich den wichtigsten Fall dieses Landes seit Jahren zu schnappen und die Polizei alt aussehen zu lassen.«

»Die ersten vierundzwanzig Stunden nach dem Mord sind die wichtigsten. Hast du jedenfalls immer gesagt, ich bin da nicht die Fachfrau. Ziemlich blöd, dann Zeit mit Streitigkeiten zu verlieren.«

»So ist es.« Sie konnte sich Nissims Gesicht genau

vorstellen, das leise, zornige Flackern der Augen, während er äußerlich um Haltung bemüht blieb.

»Und wenn ihr das einfach aufteilt? Der Schabak untersucht die islamistische Szene, während ihr den Rest durchkämmt.«

»Na, wie soll das gehen, meine Liebe? Irgendeine zentrale Stelle wertet doch alle Daten aus, irgendwo müssen die Informationen zusammenlaufen. Du kannst nicht alles duplizieren.«

»Dann beruft eben eine gemeinsame Schaltstelle ein.«

»Wir werden sehen. Im Moment sind wir jedenfalls blockiert.«

»Wir müssen diesen Mörder finden, Nissim. Ich sage das nicht nur, weil ich die beiden kannte und vor allem Gil sehr mochte. Es wäre eine Katastrophe für dieses Land, wenn wir den Mord nicht aufklären.«

»Jetzt mal den Teufel nicht gleich an die Wand, Kinny«, beschwichtigte er. »Die Sache ist noch keine zwölf Stunden her. Wir kriegen das schon gebacken.«

»Hoffen wir's. Danke jedenfalls für deinen Anruf.«

»Du fehlst mir, Kinny. Ich meine, wenn wir uns wenigstens mal wieder physisch sehen könnten …«

»Nun werd mal nicht melodramatisch. Krise ist Krise, da müssen wir jetzt alle durch. Halt mich auf dem Laufenden, ja?«

»Und was habe ich soeben gemacht?«, fragte er mit gespielter Entrüstung.

»Wenn ich was erfahre, melde ich mich natürlich auch«, sagte sie, ohne zu wissen, was das sein könnte.

Als sie aufgelegt hatte, blieb sie kurz in Gedanken versunken am Tisch sitzen, dann stand sie auf und klopfte an Mias Zimmertür, um ihr zu sagen, dass sie für eine Stunde wegmüsse.

Es waren ungewöhnlich kalte Frühlingstage, und trotz Anorak fröstelte sie leicht, als sie auf die Straße trat. Sie war schon seit zwei Tagen nicht mehr draußen gewesen, was früher kaum vorgekommen war. Sie lief durch die ausgestorbenen Straßen. Die bis vor dem *seger* stark frequentierte Ausgehmeile Emek Refaim, durch die nun kaum mehr Busse und Autos brausten, hatte ein neues Gesicht bekommen. Es war eine der eigenartigsten Straßen der Stadt. Bekannt für ihre trendigen Restaurants und Cafés, bot sie aufmerksamen Fußgängern zugleich interessante Einblicke in die Vergangenheit, mit den Templerhäusern aus dem 19. Jahrhundert, über deren Eingängen in Frakturschrift deutsche Bibelverse eingemeißelt waren. Hinter einer in hohe Mauern eingelassenen diskreten kleinen Tür befand sich auch der einstige Templerfriedhof. Manchmal stand er offen, und einmal war Kinny hineingegangen und erstaunt gewesen, auf dem romantisch anmutenden Gelände ein ziemlich hässliches Denkmal zu finden, auf dem der deutschen Gefallenen beider Weltkriege gedacht wurde. Es hatte Kinny vollkommen verblüfft, dass im Zentrum Jerusalems jenen ein ehrendes Gedenken zuteil wurde, deren Eroberungen die Auslöschung der europäischen Judenheit erst ermöglicht hatten.

Das Laufen wärmte Kinny etwas auf. Sie bog rechts in die Rachel-Imenu-Straße ein, die hier noch breitspurig nach Katamon führte, wo sie sich dann nach einer Weggabelung zu einer Einbahnstraße verjüngte. Auf Höhe des griechischen Konsulats ging es nochmals nach rechts die Tel-Chai-Straße hinauf. Nach fünfzehn Minuten war sie vor Ort.

Die Spurensicherung hatte effizient gearbeitet, und der Tatort war nicht mehr abgesperrt. Es war tatsächlich schwer vorstellbar, dass in dieser ruhigen, bürgerlichen Ecke der Stadt mit ihren schmalen Straßen und grünen Vorgärten vor einigen Stunden zwei Menschen niedergeschossen worden waren. Bei der Ecke zwischen der Straße des 29. November und der Tel-Chai-Straße, von wo eine schmale Gasse bergauf abzweigte und dann in eine der unzähligen Jerusalemer Treppen mündete, standen Dutzende Gedenkkerzen, lagen Blumen einzeln und in Sträußen, kleine Plakate, auf denen *Jiskor* stand oder *Ihr Andenken sei zum Segen*, Fotos der beiden Umgebrachten, manchmal auch nur von Ruchama. Es waren hilflose Zeichen der Trauer – was Menschen halt spontan taten, um irgendwie ihre Anteilnahme zu zeigen. Zwei vor Ort abgestellte Polizistinnen mit Mundschutz waren alles, was vom nächtlichen Einsatz noch übrig war, und deren Aufgabe schien es vor allem zu sein, zu große Menschenaufläufe und damit erhöhte Ansteckungsgefahr zu verhindern. In einiger Entfernung von ihnen und in lockeren Abständen stand dennoch eine Anzahl Leute herum. Manche unterhielten sich mit Nachbarn, die auf den Balkonen standen und eine Art uneingestandenen Stolz zu empfinden schienen, dass ihr sonst ruhiges und langweiliges Wohnviertel plötzlich zum Ort eines so aufsehenerregenden Verbrechens geworden war. Auch wer den Mord in der Nacht verschlafen hatte, wen die Schüsse und das Schreien nicht geweckt oder aus den Federn gelockt hatten, war spätestens aufgewacht, als dann die Polizei und die Sanität angerückt waren, hatte in der unzureichenden Straßenbeleuchtung die Leichen gesehen oder doch zumindest erahnt unter den Blachen, die die Polizei darübergelegt hatte, und war im allerbesten Fall von Beamten noch befragt worden. Für eine kurze Zeit hatte der Wind der Geschichte durch diese Straße geweht, und wer schon nur einen oder zwei Blocks weiter weg wohnte, konnte bloß mit offenem Mund zuhören, was sich da abgespielt hatte. Zwar waren manche hinausgerannt, nachdem die Schüsse und der Lärm sie geweckt oder aufgerüttelt hatten, aber die Polizei hatte alle weggeschickt, und nur, wessen Balkon oder Fenster sich in unmittelbarer Nähe des Tatorts befand, hatte das ganze furchtbare Spektakel mit eigenen Augen verfolgen können.

Mit halbem Ohr hörte Kinny den etwas sensationslüsternen Gesprächen um sie herum zu und schaute auch auf die Menschen, die in stiller Trauer, in sich versunken, danebenstanden. Die Leichen befanden sich nun in der Gerichtsmedizin, und schon in einigen Stunden würden Gil und Ruchama beerdigt werden. Unvorstellbar – gestern um diese Zeit waren sie noch quicklebendig gewesen, mit Ideen, Plänen, vielleicht im Gespräch mit Kollegen, Verwandten und Freunden, vielleicht aus irgendwelchen Gründen auch erregt oder wütend oder desillusioniert. Aber voller Leben. Nun waren sie auf den fernsten aller Planeten entschwunden.

»Ich selbst habe es nicht gehört«, erklärte ein mittelalter Mann in einem verwaschenen T-Shirt von seinem Balkon aus einigen, die unten standen. »Aber Itzik da oben«, er zeigte auf den Balkon schräg gegenüber, »hat gehört, wie jemand im Wegrennen geschrien hat: ›Allahu Akbar.‹ «

Die unten schüttelten die Köpfe. »Was soll man da sagen?«

Kinny drehte sich zu dem Mann auf dem Balkon. »Im Wegrennen hat er geschrien?«

Der Mann schaute sie einen Moment lang perplex an. »Allahu Akbar hat er geschrien«.

»Das habe ich verstanden«, sagte Kinny. »Aber hat er es im Laufen geschrien?«

»Im Laufen, nicht im Laufen, was kümmert's mich?«, meinte der Mann im alten T-Shirt. »Ich hab ja gesagt, selber hab ich's nicht gehört. Itzik hat's gehört.«

»Wie heißt Itzik mit Nachnamen?«, fragte Kinny.

»Das ist doch nicht Ihre Angelegenheit«, antwortete der Mann nun gehässig. »Sie sehen ja nicht gerade aus wie jemand von der Polizei.«

»So kann man sich irren«, sagte Kinny, zog ihren Ausweis aus der Tasche und streckte ihn ihm entgegen.

Der Mann grinste sie an. »Von hier oben gesehen kann das auch der Ausweis vom Fitnessclub sein.«

Eine der Polizistinnen kam langsam auf Kinny zu. »Was gibt's denn da?«

Kinny erkannte sie unter der Maske erst auf fünf Schritte Entfernung und dankte einmal mehr innerlich jener Ausbilderin, die sie gelehrt hatte, ihr Personen- und Namensgedächtnis zu trainieren.

»Hallo Tzippi«, sagte sie. »Gar nicht so einfach, einander mit diesen Dingern im Gesicht zu erkennen.«

Tzippi stutzte einen Augenblick. »Kinny?«, sagte sie dann. »Die Psychologin?«

Kinny nickte. Tzippi war in einer der Gruppen, die Kinny zur Supervision zugeteilt waren. Sie gehörte zu den etwas vorlauten jüngeren Beamtinnen, die damit gern eine gewisse Unsicherheit überspielten.

»Ich möchte dem Herrn nur klarmachen, dass ich Polizistin bin und zwei, drei Fragen an ihn habe.«

Tatsächlich stand es Kinny in keiner Weise zu, irgendwelche Zeugen zu befragen, solange sie von den Ermittlern nicht ausdrücklich damit betraut worden war. Ziemlich sicher wusste das Tzippi auch. Dennoch zog sie kurz die Maske vom Gesicht und rief zum Balkon hinauf: »Wenn Sie es ihr nicht glauben, dass sie von der Polizei ist, vielleicht glauben Sie es mir.«

Der Mann spreizte in einer beschwichtigenden Geste die Hände, und Tzippi zwinkerte Kinny zu, während sie die Maske wieder auf der Nase fixierte. Dem Dienstrang nach stand sie weit unter ihr und war sichtlich stolz, dass Kinny sich durch sie legitimieren ließ.

Kinny überlegte sogar einen Augenblick, zur Wohnung des Mannes hinaufzugehen, aber in Virus-Zeiten war das keine so gute Idee. Deshalb richtete sie den Blick wieder zu ihm hinauf.

»Also, wenn Sie so freundlich wären, mir den Nachnamen Ihres Nachbarn Itzik zu verraten? Der den Täter weglaufen sah?«

»Wissotzky«, stammelte der Mann. »Wie der Tee. Aber er macht doch ohnehin eine Aussage im Präsidium. Wissen Sie das denn nicht?«

»Wissotzky«, sagte Kinny gedehnt, ohne auf seine

Frage einzugehen, und notierte mit gewichtiger Miene den Namen auf einem kleinen Block, den sie aus der Gesäßtasche gezogen hatte. »Und wie heißen Sie?«

»Ich? Wozu müssen Sie denn das wissen?«

»Name?«, sagte Kinny.

»Ich bin Schalom«, sagte der Mann unsicher. »Schalom Schweiger.«

»Danke, Schalom, Sie haben uns sehr weitergeholfen«, meinte sie und drehte sich weg. Dass Schalom perplex zurückblieb nach diesem abrupten Ende der Befragung, die sie so insistierend begonnen hatte, war durchaus beabsichtigt.

# 3

Kinny zögerte, ob sie Ariel anrufen sollte. Sie hatte das seltsame Gefühl, es wäre ein Akt der Pietät gegenüber den Ermordeten, wenn sie des Ehepaars Wacholder einige Momente gemeinsam gedenken würden. Niemand wusste natürlich besser als sie, dass das reine Projektion war. Es war offenbar für sie selbst wichtig, mit der Person zu sprechen, die sie wie keine andere mit den Wacholders verband. Aber wie hatte einer ihrer Professoren einmal gesagt? »Wenn eine Projektion mehr hilft, als dass sie Schaden anrichtet, dann sage ich: Willkommen, Projektion.«

Ariel anzurufen schien leichter, als es war, heute noch. Natürlich, sie hatten nach ihrer Scheidung unzählige Telefongespräche geführt, als Mia noch jünger gewesen war und es Fragen zur Erziehung zu klären gab. Damals hatte es ein pragmatisches Einvernehmen zwischen ihnen gegeben. Sie hatten in diesen Dingen kaum je gestritten, sondern immer sachlich nach Kompromissen gesucht. Nähe war nie mehr aufgekommen, aber doch ein Gefühl gegenseitiger Verlässlichkeit, wie Kinny es in der dramatischen Zeit der Scheidung nicht mehr zu hoffen gewagt hatte.

Doch jetzt brauchte sie jemanden, der wusste, welchen unsäglichen Schmerz ihr die Ermordung der Wacholders zugefügt hatte, hinter all ihrer Gefasstheit.

Mia konnte sie das nicht zumuten, und Nissim wollte sie nicht belästigen, der steckte bis zum Hals in den Ermittlungen. Die Eltern waren zu alt, Golan zu sehr mit sich selbst beschäftigt. Es konnte nur Ariel sein.

Obwohl sie innerlich längst beschlossen hatte, ihn anzurufen, schob sie es hinaus, in der irrationalen Hoffnung, dass Ariel ihr am Ende vielleicht zuvorkommen würde – eine Frage, der sie von Minute zu Minute mehr Bedeutung zuzumessen begann. Gegen sechs Uhr abends, als sie kurz davor war, Ariels Nummer zu wählen, meldete er sich tatsächlich. Wenn es ihr irgendeinen psychologischen Vorteil verschafft haben sollte, dass er und nicht sie die Initiative ergriffen hatte, verspielte sie diesen schon mit ihrem ersten Satz wieder, indem sie sagte: »Das muss Telepathie sein. Gerade wollte ich dich anrufen.«

»Ein trauriger Tag für Israel«, sagte er ohne weitere Grußformel.

»Ein trauriger Tag für uns«, sagte sie. Sie bereute sogleich dieses »uns«, aber schließlich war das ja der Grund, warum sie jetzt miteinander an der Strippe hingen.

»Hattest du zuletzt noch Kontakt mit ihnen?«, fügte sie rasch an, um den letzten Satz nicht nachhallen zu lassen.

»Ja«, sagte Ariel. »Mit Gil vor allem.«

»Ich habe ihn so gemocht.«

»Er war einer der Menschen, die wissen, was Freundschaft heißt, weißt du? Und Treue.«

Es war eigenartig, diesen Satz ausgerechnet von Ariel zu hören, aber sie schwieg.

»Er hat sich ja vor einem Jahr wegen Ruchama frühpensionieren lassen«, fuhr er fort. »Er sagte mir, dass es ihn beelendet habe, wenn er wusste, dass sie nach langen Knesset-Tagen noch heimfahren musste, um bei ihm zu sein. Sie übernachtete so selten als möglich in Jerusalem. Also beschloss er, wenn sie politisch weitermachen wolle, dann würde er die Konsequenzen ziehen und aufhören zu arbeiten, damit er während der Sessionen bei ihr in Jerusalem sein kann. Das war noch vor den Wahlen im letzten Frühjahr.«

»Den vorvorletzten«, sagte Kinny. Die drei Wahlgänge innerhalb von weniger als einem Jahr zeugten von der politischen Krise des Landes, schon vor dem Wüten des Virus. »Ich wusste nicht, dass er nicht mehr arbeitete.«

»Ich glaube, ehrlich gesagt, das kam ihm auch persönlich entgegen. Vielleicht hätte er das Bauamt von Rischon ohnehin früher verlassen, er hatte schon vor Längerem vorgesorgt, um sicher zu sein, dass Ido Melzer dort sein Nachfolger wurde. Kannst du dich an ihn erinnern? Der war dort schon Sachbearbeiter, als wir die Firma gründeten.«

Kinny hatte kein Gesicht vor Augen, aber der Name Ido Melzer sagte ihr etwas. »Du hast den damals nicht besonders gemocht, wenn ich mich recht erinnere. Du fandest ihn irgendwie pedantisch, nicht wahr?«

»Da war er noch jung und musste sich erst mal seine Sporen verdienen. Aber Gil hat ihn geformt, er ist ein prima Typ geworden. Na ja, ist ja auch nicht so wichtig. Wichtig ist, dass Gil der glücklichste Mensch war, seit er sich ganz dem Leben mit Ruchama widmen konnte. Er war doch im Grunde seines Herzens ein Genießer. Noch vor ein paar Tagen hat er mich angerufen und geschwärmt, wie er jetzt, da wegen des *seger* alle Restaurants geschlossen seien, mal richtig dazu käme, für Ruchama und sich zu kochen. Dazu hat er sich mit Büchern umgeben und seine geliebten Jazzplatten aufgelegt, während sie wieder in irgendwelchen Koalitionsgesprächen saß. Ich glaube, er hat eine sehr anständige Pension bezogen.«

»Sie hätten noch gute Jahre vor sich gehabt.«

»Denke ich auch. Obwohl er mir auch sagte, dass das politische Hickhack Ruchama mitgenommen habe. Sie hat sich doch sehr exponiert in den letzten Wochen.«

»Wie meinst du das, sie hat sich exponiert?«

»Sag mal, Kinny, liest du neuerdings keine Nachrichten mehr?«

»Ehrlich gesagt, so wenig als möglich. Ich kann das ganze Zeug nicht mehr hören. Morgens um sieben höre ich die Radionachrichten, und dann versuche ich den Tag über, das alles von mir fernzuhalten. Aber was meinst du damit, sie habe sich exponiert?«

»Na ja, sie hat in einem Interview einige spitze Bemerkungen fallen lassen über die neue Regierung, dic es nun geben soll, und auch über die geplanten Reformen des Rechtswesens. Lies es mal nach. Jedenfalls wurde sie danach natürlich von der linken Presse gefeiert, aber in der Fraktion war sie wohl ziemlich unten durch.«

Ariel fragte noch, wie es liefe, wieder gemeinsam mit Mia zu wohnen, und sie bemühte sich, nicht durchblicken zu lassen, welch großes Glück es für sie bedeutete, sondern sagte leichthin, dass Mia praktisch den ganzen Tag in ihrem Zimmer sitze und lerne – eine Disziplin, die sie früher an ihr gar nicht gekannt hatte.

»Sie kommt ganz nach der Mutter«, meinte Ariel. Es sollte halb nach Scherz, halb nach Kompliment klingen. Wenn Kinny daran dachte, wie oft er sie früher als Blaustrumpf und Arbeitstier verhöhnt hatte, mutete diese Bemerkung allerdings etwas zwiespältig an. Sie vermied es, ihrerseits zu fragen, wie es Ariels Frau Shlomit ging, und wollte gerade schon auf den roten Punkt tippen, um das Gespräch zu beenden, als Ariel noch eine Frage anhängte.

»Sag mal, apropos Mia: Sie hatte doch diese Freundin, die ich an Ruchama vermittelt habe als Assistentin, wie hieß sie noch mal?«

»Rotem«, sagt Kinny. Sie war sich sicher, dass ihr Ex-Mann den Namen des Mädchens nicht vergessen hatte.

»Ach ja, Rotem – weißt du, wie es ihr geht? Ruchama soll sehr zufrieden mit ihr gewesen sein, wie mir Gil kürzlich mal sagte. Für die Ärmste muss das alles auch ein riesiger Schock sein.«

»Mia hat mit ihr gesprochen. Sie scheint wirklich ziemlich down zu sein. Aber das besprichst du lieber mit Mia selbst, ich weiß da nicht so Bescheid.«

»Ja, natürlich«, sagte Ariel. »Kinny, es war gut, mit dir zu sprechen. Bleib gesund. Auf gute Nachrichten.«

»Auf gute Nachrichten«, erwiderte sie, wie man es im Hebräischen immer zu tun pflegte, wenn es nur Schlechtes zu berichten gab.

Nach dem Gespräch fühlte sie sich leer. Es schien kaum mehr vorstellbar, dass sie und Ariel je über irgendetwas in Streit geraten waren, so entfremdet waren sie einander. Zwischen ihnen war eine Distanz, die meistens guttat und die jetzt schmerzte. Immerhin, er hatte sie angerufen. Sie blieb noch einen Augenblick sitzen und starrte vor sich hin, dann ging sie zu ihrem Laptop und suchte im Netz nach den kontroversen Äußerungen von Ruchama Wacholder, die Ariel erwähnt hatte.

Tatsächlich, da war ihr einiges entgangen, was sie in den Radionachrichten nicht gebracht hatten. Es hatte einen mächtigen Wirbel um Ruchama gegeben wegen eines Zeitungsinterviews vor einigen Tagen. Dort hatte sie unter anderem zur Frage Stellung genommen, warum man sie auf keinem der vorgesehenen über dreißig Ministerposten fand, obwohl sie doch eine der profiliertesten Politikerinnen der Partei war, früher selbst Ministerin und altgedientes Knesset-Mitglied. Wenn Kinny die Augen schloss, konnte sie sich beim Lesen der Antwort Ruchamas Stimme vergegenwärtigen, die im Grunde warm und einnehmend war, aber in bestimmten Momenten auch schneidend scharf werden konnte. »Sie geben mit Ihrer Frage die Antwort schon selbst«, sagte sie dem Journalisten. »Ich werde gerade deshalb kein Ministeramt anstreben, weil ich eine der profiliertesten Politikerinnen der Partei bin und weil ich Ministerin zu einer Zeit war, als dieses Wort noch nicht Hohngelächter ausgelöst hat.« Noch mehr Aufsehen hatte den Reaktionen in Lesermails und allen möglichen Posts nach zu schließen eine andere Bemerkung von ihr erregt. Der Journalist fragte sie danach, wie sie zu den Anwürfen gegen das Rechtssystem stehe, die in letzter Zeit von vielen Mitgliedern ihrer Partei und auch vom Premierminister selbst zu hören seien. Von ihr habe man dazu noch kaum etwas vernommen. Darauf hatte sie trocken erwidert: »Es ist die Pflicht aller Bürger in einer Demokratie, die Institutionen des Staates mit kritischer Distanz, vielleicht sogar Argwohn zu beobachten. Aber das Rechtswesen öffentlich zu kritisieren, nachdem man selbst mit dem Recht in Konflikt geraten ist, nützt der Demokratie nicht, es beschädigt sie.« Und dann der entscheidende Satz: »Meiner Ansicht nach sollte ein Premier, der unter Anklage steht, nicht mehr amtieren dürfen.«

Eine Aussage, fand Kinny, die ausgezeichnet in jedes Staatskunde-Lehrbuch gepasst hätte und die man auch in den oppositionellen Medien regelmäßig lesen konnte. Es wertete Ruchama Wacholder in ihren Augen zusätzlich auf. Aber in den Zeiten, in denen sie sich befanden, mit einem unter mehrfacher Anklage stehenden Premierminister, der offen gegen das Rechtswesen mobilisierte, das ihn zur Rechenschaft ziehen sollte, war eine solche Aussage für eine Parteigenossin Gift, und die Unzahl an empörten, teils vulgären, teils drohenden Reaktionen gegen Ruchama Wacholder zeigte es. »Geh zu den Linken, wo du hingehörst«, war eine noch geradezu freundliche Aufforderung an die altgediente Politikerin. Ja, es konnte sein, dass Ruchama Wacholder sich zuletzt von jenen ausgegrenzt fühlte, für die sie sich jahrzehntelang aufgeopfert hatte. Darauf mochte Gils Aussage gegenüber Ariel sich bezogen haben, dass Ruchama mitgenommen gewesen sei. Allerdings hätte Kinny aus den wütenden Reaktionen auf Ruchamas Äußerungen nie den Schluss gezogen, dass sie sich damit in Lebensgefahr gebracht hatte. Das war wohl auch die Meinung der Sicherheitsorgane, denn sie hatte keinen Personenschutz erhalten.

Die Polizei hatte mit Verweis auf das Virus freundlich,

aber bestimmt alle Versuche abgewehrt, zur Beerdigung auf oder zumindest vor dem Friedhof von Rischon LeZion eine größere Menschenansammlung zu Ehren der beiden hochgeachteten Bürger der Stadt zuzulassen. Nicht ohne süffisanten Unterton berichtete die Presse auch, die beiden Kinder des Paares hätten sich die Teilnahme aller Politiker, der städtischen wie auch der nationalen, verbeten. Da wegen der derzeitigen Bestimmungen außer den engeren Familienangehörigen ohnehin kaum jemand an einer Beerdigung teilnehmen durfte, war das im Grunde eine überflüssige Aussage, die höchstens auf eine Kluft zwischen Ruchama und ihrer Partei, vielleicht auch gerade der Parteiführung, hinweisen sollte. Doch es gab anscheinend eine Tendenz in der Opposition, Ruchama Wacholder zur Märtyrerin zu stilisieren.

Mia kam aus ihrem Zimmer. »Mann, bin ich geschafft! Dieser Fernunterricht ist so was von anstrengend.«

»Ich mache uns was zu essen«, sagte Kinny.

»Danke«, sagte Mia. »Ich gehe inzwischen eine Runde laufen.«

Mia war immer schon eine Freiluftfanatikerin gewesen, sie brauchte Bewegung mehr als alles andere. Eine Zeitlang hatten ihre Lehrer sie für hyperaktiv gehalten, aber Kinny hatte nie zugelassen, dass sie Medikamente erhielt.

Bevor Mia im Joggingdress die Wohnung verließ, drückte Kinny ihr noch eine Atemschutzmaske in die Hand, die man derzeit sogar draußen tragen musste. »Und denk daran, nur in einem Radius von fünfhundert Metern von zu Hause zu rennen.«

»Beim Sport gibt's keine Maskenpflicht«, grinste Mia und streifte sich die Gummibänder der Maske über den Unterarm. »Hast du übrigens mit Rotem gesprochen?«, fragte sie noch.

»Nein«, sagte Kinny, »sie kann mich aber auch anrufen, wenn sie will.«

»Das wird sie nicht«, sagte Mia und war schon zur Tür hinaus.

Kinny wusste, warum sie den Anruf bei Rotem vor sich herschob. Innerlich assoziierte sie Mias Freundin mit Ariel und der *protekzia*, mit der er ihr damals den Job bei Ruchama verschafft hatte, der Keimzelle jenes Systems von Korruption, das das Land gerade in den Abgrund zu stürzen drohte. Natürlich hatte die junge Frau nur eine ihr angebotene Chance ergriffen – aber so funktionierte *protekzia* ja fast immer. Jeder verachtete die Leute, die auf diesem Wege etwas ergatterten, und wartete gleichzeitig auf seine eigene Chance, dasselbe zu tun. Außerdem widerstrebte es Kinny, ihre psychologische Tätigkeit ins private Umfeld hineinzutragen. Sie mochte es nicht, wenn man außerhalb des Polizeidienstes von Jerusalem ihren psychologischen Rat beanspruchte. Sie war nicht die allzeit bereitstehende Seelenklempnerin. Dennoch – nach dem Abendessen würde sie Rotem anrufen. Sie hatte es Mia versprochen.

Mehr als die Gedanken an Rotems Leid über den Verlust ihrer Chefin trieb Kinny aber die Frage um, was wohl die Ermittlungen zum Doppelmord in der Zwischenzeit ergeben hatten. Nissim anzurufen scheute sie sich noch mehr, als Ariel anzurufen. Nicht so sehr, weil sie es nicht immer ganz schafften, das Private und das

Dienstliche auseinanderzuhalten, sondern weil Nissim und das ganze Korps derzeit unter Höchstdruck arbeiteten: Zum Zeitdruck und zu den Auflagen, die ihnen das Virus aufzwang, kamen noch die Scherereien mit dem Inlandgeheimdienst. Währenddessen schob sie zu Hause eine ruhige Kugel und hatte außer der inneren Unruhe wegen Unterbeschäftigung oder mangelnder Konzentrationsfähigkeit keine größeren Probleme.

Sie begann, in der Küche zu hantieren. Sie würde etwas Asiatisches für sich und Mia kochen. Weniger als eine Stunde würde Mia nicht weg sein, wenn sie erst mal losgelaufen war. Kinny widerstand der Verlockung, das Radio anzuschalten, und widmete sich ganz dem Zubereiten ihres *mukpatz*, wobei sie ins Grübeln kam.

Als die Ehe zwischen ihr und Ariel in die Brüche ging, war Mia mitten in der Pubertät, was einiges dazu beitrug, dass Mia und sie es in der Folge so schwer miteinander hatten. Die Geschichte ihrer Scheidung war wie so oft trivial und zugleich überkomplex, jeder konnte jedem die Schuld zuweisen in dieser Sache, und das geschah auch, über eine quälend lange Zeit. Und mittendrin stand dieses dreizehnjährige Mädchen in seinem plötzlich zu lang geratenen Körper.

Der Anfang vom Ende ihrer Ehe kam schleichend, eingeleitet von einer Reihe persönlicher Erfolgserlebnisse auf ihrer wie auf Ariels Seite. Kurz nachdem Gil das gemeinsame Architekturbüro verließ, bewarb sich Kinny auf die Stelle bei der Polizei von Jerusalem. Sie arbeitete damals auf der kleinen Polizeistation von Rischon, und die Herausforderung, in die Hauptstadt zu wechseln, reizte sie. Als sie die Stelle tatsächlich bekam, konnte sie

Ariel sogar davon überzeugen, dass die Familie nach Jerusalem ziehen und er pendeln würde, obwohl er selbst gerade zwei große Projekte in der Gegend von Rischon an Land gezogen hatte. Dann das Übliche: Um die Projekte zu bewältigen, brauchte Ariel nach Gils Weggang einen neuen Geschäftspartner. Er heuerte Shlomit an, eine ehrgeizige junge Architektin, die sich mit einem eigenen kleinen Büro in Sderot versucht hatte. Irgendwann hatte sie genug vom dauernden Raketenbeschuss aus Gaza gehabt und lieber ihre Selbständigkeit aufgegeben, als weiter in Angst zu leben. Ariel und Schlomit arbeiteten erfolgreich und intensiv zusammen, manchmal die Nächte durch, und so weiter – während Kinny, deren respektvoll ausgesprochener Spitzname unter Jerusalems Polizisten bald »die Psychobombe« lautete, die selbst in Arbeit ertrank und Mia mithilfe eines Netzwerks aus Mittagstischen, Ferienfreizeiten und ihren Eltern betreute, sich monate-, ja, jahrelang vormachte, dass alles normal sei, bis plötzlich alles zusammenbrach, sie selbst inklusive. Die Psychobombe war implodiert.

Sie war einige Wochen außer Gefecht gesetzt damals. Weil Ariel nun wieder nach Rischon zog, nahmen ihre Eltern Mia vorübergehend ganz zu sich, was ebenfalls ein Desaster war. Denn Kinnys Eltern, vor allem ihr Vater, hatten in dieser Wendung die Chance gesehen, ihre Enkelin zur Religiosität zurückzuführen, der die Tochter zu ihrer Enttäuschung weitgehend den Rücken gekehrt hatte.

»Religiöse Männer betrügen ihre Frauen nicht«, war der Satz, der es Kinny schwer machte, weiter mit ihrem Vater zu verkehren. Nicht zuletzt deshalb, weil ihr Vater ihn nicht nur ihr, sondern auch Mia gegenüber äußerte. Auch zwischen dem Vater und Golan gab es einen solchen zerstörerischen Satz, aber das war eine andere Geschichte.

Immerhin verhielt sich Ariel bei der Scheidung einigermaßen kooperativ, und es hatte für Kinny den Anschein, als wollte er sie auf diesem Wege ein wenig beeindrucken oder vielleicht sogar zurückgewinnen – wenn nicht ihre Zuneigung, so doch zumindest ihre Achtung. Doch sie konnte in ihm damals längst schon nichts mehr anderes sehen als einen eitlen, selbstbezogenen Geck – Eigenschaften, über die sie früher hinweggesehen hatte. Für Mia aber war ganz offensichtlich der Vater derjenige, den man vom Hof gejagt hatte und der zugleich die Situation gelassener hinnahm. Zumindest in Mias Gegenwart war er immer zurückhaltend und freundlich zu Kinny, während Kinny selbst mit der Situation nur schwer klarkam und zuweilen die Beherrschung verlor.

Es folgten drei sehr schwere Jahre für die Beziehung zwischen Mutter und Tochter. Mia idealisierte den Vater, den sie nur alle zwei Wochenenden sah und der sie hemmungslos verwöhnte, und rieb sich an der Mutter, die ihre Arbeitszeit vorübergehend etwas reduzierte, was aber nur bedingt etwas brachte. Erst als Mia sechzehn war, begann sich die Situation zu entspannen. Sie hatten sich einander behutsam angenähert, und auf dieser fragilen Basis bewegten sie sich bis heute.

Während Kinny über die Vergangenheit sinnierte, den Mix aus Gemüsewürfelchen und *pargiot* mit Sojasauce und Sesamöl abschmeckte, Reisnudeln ins siedende

Wasser gab und den Tisch für sich und Mia deckte, fühlte sie seit Langem wieder so etwas wie Glück. Es war schwer, sich das einzugestehen, am Tag nachdem ein so furchtbarer Mord an zwei Menschen geschehen war, die ihr etwas bedeuteten. Sie fühlte sich aber stark und beschwingt, und fast belustigt dachte sie an die Selbstvorwürfe, die sie jahrelang gequält hatten: eine schlechte Mutter gewesen zu sein. Gewiss, da war wohl etwas dran, aber nun, wo es wirklich drauf ankam, wo man Unterschlupf suchte, hatte Mia zu ihr gefunden, und sie spürte, dass sie einander Kraft gaben und Zuversicht. Tief in ihre Gedanken und Gefühle versunken, zwischen dem Brodeln und Köcheln in den Töpfen und in Vorfreude auf das Abendessen, bemerkte sie nicht, wie ihr Telefon im Nebenraum mehrere Male summte und ruckelte.

Mia kam nach anderthalb Stunden zurück – strahlend und weit weniger verschwitzt, als Kinny erwartet hätte, dafür in unerwarteter Begleitung und mit einer größeren Tragtasche in der Hand. »Ist er nicht süß?« Mia strahlte, während Kinny verblüfft auf das kleine schwarzbraune Tier schaute, das zu Mias Füßen saß und sie seinerseits taxierte.

»Itztrubal?«, fragte sie wie jemand, der die Antwort schon kennt.

»Ich habe heute Morgen die Tierheime durchtelefoniert«, meinte Mia, während sie sich hinunterbeugte und den Hund hinter den Ohren kraulte. »Ich war auch nicht die Erste, die sich nach ihm erkundigt hat und ihn nehmen wollte. Frag nicht, wie ich es am Ende geschafft habe.«

Kinny schüttelte den Kopf, während Mia Hundefutter, Fress- und Trinknapf und einige andere Utensilien aus ihrer Tüte kramte. Kinny schluckte ihren Protest hinunter. Schon während der schwierigen Jahre der Scheidung hatte sich Mia einen Hund gewünscht, und Kinny hatte sich dagegen gewehrt – obwohl sie natürlich die Studien kannte, die die Bedeutung von Hunden für Scheidungskinder unterstrichen –, weil sie befürchtete, dass keine von ihnen die Zeit hätte, sich ausreichend um ihn zu kümmern, und am Ende ohnehin das meiste an ihr hängen bliebe. Der Hamster, den sie als Ersatz anschaffte, war Mia kein wirklicher Trost.

Mia, damit beschäftigt, Itztrubal eine Ecke im Salon herzurichten, schaute treuherzig zu ihr auf. »Hey, das ist der Hund von Gil und Ruchama. Der einzige Überlebende von gestern Nacht. Weißt du, was es ihnen bedeuten würde, wenn sie wüssten, dass er jetzt bei dir ist?« Kinny lächelte säuerlich. Offenbar hatten Ehud und Idit, die beiden Kinder der Wacholders, die etwas älter als Mia und beide schon verheiratet waren, keine Lust oder keine Nerven gehabt, sich um Itztrubal zu kümmern. Aber was würde sein, wenn sich die Umklammerung durch das Virus wieder lösen würde? Würde Mia dann den Hund in ihre WG mitnehmen? Oder sonst wohin? Oder Kinny einfach mit ihm alleinlassen?

Schließlich saßen sie dann doch gemeinsam am Tisch, während Itztrubal seine Umgebung erschnüffelte. Die Tochter pries die Kochkünste ihrer Mutter (wann war das zum letzten Mal geschehen?), und Kinny erzählte, wie sie am Vormittag zum Tatort gegangen war und was sie dort erlebt hatte.

Mia schaute auf die Kommode, wo Kinnys Telefon lag. »Du merkst aber schon, dass jemand dringend versucht, dich zu erreichen, oder?«, sagte sie vorsichtig.

Kinny schaute sie überrascht an. »Hat es vibriert?«

»Es vibriert schon zum dritten Mal in den letzten paar Minuten.« Mia stand auf und reichte Kinny den Apparat. Es war Nissim.

»Wo steckst du denn, Kinny?«, fragte er ungeduldig. »Seit fast einer Stunde versuche ich, dich zu erreichen. Ich dachte, Homeoffice ist Homeoffice.«

»Auch im Homeoffice soll man Feierabend machen, habe ich gelesen«, antwortete Kinny in spielerischem Ton. »Ist sogar besonders wichtig. Kann ich als Psychologin nur bestätigen.«

»Kinny, wir brauchen dich dringend.«

»Ich habe aber diese Woche keinen Bereitschaftsdienst. Das ist Joel.«

»Darum geht es nicht. Steig bitte sofort ins Auto und fahr nach Tel Aviv. Ich bin schon da.«

»Warum in Gottes Namen soll ich nach Tel Aviv fahren? Mitten im *seger*?«

»Für ein Gespräch mit dem Schabak. In einer knappen Stunde treffen wir Motti Orr.« Jeder in Israel kannte den Namen des stellvertretenden Direktors des Inlandgeheimdienstes.

»Und was hat das mit mir zu tun?«

»Die wollen uns tatsächlich die Ermittlungen im Fall Wacholder ganz aus der Hand nehmen. Wir brauchen jemanden, der verhandeln kann. Ich habe den Polizeipräsidenten überzeugen können, dich beizuziehen. Bitte stell keine Fragen mehr und quatsch nicht rum.

Steig einfach ins Auto. Die Straßen sind schön frei. Bis gleich. Und bitte strengste Vertraulichkeit, muss ich ja nicht extra sagen.«

Fassungslos starrte Kinny auf ihr Telefon. Mia schaute sie fragend an.

»Das war Nissim. Ich muss los. Ich kann dir nicht sagen, warum.«

»Nach Tel Aviv? Was will Nissim von dir in Tel Aviv?«

»Wie gesagt, ich kann nicht drüber reden.«

»Aber du hast kaum zwei Bissen gegessen.«

»Wenn ich heimkomme«, rief Kinny. Sie rannte in ihr Schlafzimmer, zerrte eine Bluse und einen Zweiteiler aus ihrem Schrank und zog sich hastig um. Dann griff sie sich noch eine Maske aus der Nachttischschublade und stürzte hinaus.

»So wird das nie mehr was mit uns«, hörte sie Mia noch sagen, während sie die Tür hinter sich schloss. Der Satz ließ sie für einen Moment erstarren. Dann stapfte sie die Treppen zum Parkplatz hinunter.

# 4

Die weitläufigen, kahlen Gänge im Hauptsitz des Schabak, durch die Kinny von einem Assistenten Motti Orrs geführt wurde, waren gespenstisch leer. In dem lang gezogenen Raum, den sie dann betrat, saßen an einem ausladenden Sitzungstisch weit auseinander vier Personen, allesamt Männer. Kinny wurde ein Platz zugewiesen: Sie saß, in gebührender Entfernung, neben dem Chef der nationalen Polizei und gegenüber von Nissim am einen Tischende, während am anderen Tischende Motti Orr mit einem seiner Mitarbeiter saß. Der Mann links von Orr stellte sich als Tal vor, Chef der Abteilung für Investigatives. Tal und Nissim hatten ihre Masken wie Kinny über Nase und Mund gezogen, die beiden Chefs, Orr und der Polizeichef, hatten sie sinnloserweise unter dem Kinn fixiert, wie es hierzulande viele Leute taten.

»Niemand von uns redet gerne um den heißen Brei herum«, eröffnete Motti die Runde. »Ihr habt euch diese Sitzung gewünscht, weil ihr mit der Arbeitsteilung zwischen Polizei und Schabak nicht einverstanden seid. Wir hätten sie nicht einberufen müssen, denn eigentlich ist die Aufgabenverteilung klar, aber wir wollen einvernehmlich mit euch zusammenarbeiten. Um das hinzukriegen, sitzen wir hier.«

Motti fuhr fort und erklärte, dass aufgrund des offensichtlichen politischen Charakters dieses Verbrechens, das man nach derzeitigem Kenntnisstand als Terrorakt bezeichnen müsse, der Einbezug des Schabak auf der Hand liege. Deshalb sei es gut und, wie er es formulierte, »allseits erwünscht«, dass, nachdem die Polizei die Spurensicherung, die Obduktion der Leichen und die Vernehmungen erster Zeugen übernommen habe, nun die Arbeit in die Hände des Schabak übergehe. Man sei aber natürlich froh, auf die Kompetenz der Polizei zurückgreifen zu können, wo es erforderlich sei. Das sei, wie schon gesagt, im Interesse aller.

Kinny beobachtete Motti, seinen Versuch, sich überlegen und ruhig zu geben. Dafür wurden schließlich die Geheimdienstleute überall bewundert und gefürchtet. Sie fixierte seine Gesichtszüge. Die Augen waren erstaunlich direkt auf seine Gegenüber gerichtet. Auch Mottis Hände wirkten beeindruckend kontrolliert, sie bemerkte nur ganz leichte, fast unmerkliche Ansätze unkontrollierter Bewegung. Seine ganze Gestik und Mimik war viele Jahre lang eingeübt. Demgegenüber war der Polizeichef ein Nervenbündel. Manche belächelten ihn, viele aber liebten ihn gerade dafür, dass er aus seinem Herzen keine Mördergrube zu machen wusste. Ein richtiger *amcha*, ein authentischer mediterraner Typ mit aufwallendem marrokanischen Blut. Noch während Motti Orr sprach, beobachtete Kinny aus den Augenwinkeln, wie der Polizeichef nervös die Hände an den Hosen rieb, sich dann übers Gesicht fuhr (was er schon virusbedingt hätte bleiben lassen sollen), wie sein Mund klein wurde und er abwechselnd die Ober- und dann die Unterlippe einzog.

Motti sprach, nachdem er die Polizei unverhohlen zur Hilfstruppe des Schabak degradiert hatte, noch einige Minuten, ohne irgendetwas von Bedeutung zu sagen. Von wegen nicht um den heißen Brei herum, dachte Kinny. Doch sie kannte auch diese Masche, in einer angespannten Situation den anderen an die Grenzen seiner nervlichen Belastbarkeit zu bringen, was hier umso mehr wirkte, als ja auch immenser Zeitdruck bestand – und weil Motti wusste, wen er vor sich hatte, tat er es mit erkennbaren Genuss und Überlegenheitsgefühl. Wäre nicht dieser verdammte Sicherheitsabstand zwischen ihnen gewesen und wäre es nicht ohnehin als ungehöriger Übergriff zwischen Dienstgraden und im schlimmsten Fall noch zwischen Geschlechtern gewertet worden, hätte sie dem Polizeichef die Hand diskret auf den nervös wippenden Oberschenkel gelegt, um ihm unsichtbar ein Zeichen zu geben, dass es besser wäre, nicht explosiv, sondern ruhig und zurückhaltend zu reagieren. Was er inhaltlich sagen wollte, war ohnehin klar. Nissim hatte sie während der Autofahrt angerufen und ihr die Position der Polizei auseinandergesetzt, die nicht schwer zu begreifen war: Die Ermittlungen bleiben bei uns, gerne teilen wir euch mit, wenn wir zum Schluss kommen, dass ihr Terroristen jagen dürft.

Als Motti seine gedehnten Sätze endlich zu einem Ende brachte, erwartete Kinny einen sprudelnden, tobenden und polternden Redeschwall ihres obersten Chefs, mit dem sie noch sehr selten in einem Raum, geschweige denn an einem Tisch gesessen hatte. Zu ihrer Überraschung kratzte sich der Polizeichef aber nur am Kinn und deutete dann auf Kinny. »Hör zu, Motti, ich bin eigentlich nur hier, um unserer Präsenz den notwendigen Nachdruck zu verleihen. Die Jerusalemer Kollegen können den Standpunkt der Polizei selbst darstellen, sie sind die Verantwortlichen bei dieser Geschichte. Wenn ich bitten darf, Kinny.«

Kinny war perplex. Darauf war sie nicht vorbereitet gewesen. Sie war davon ausgegangen, dass ihre Fähigkeit, in einem kritischen Moment vermittelnd einzugreifen, erwünscht wäre, aber nicht, dass gerade sie, die mit den Ermittlungen überhaupt nichts zu tun hatte, nun als Vertreterin der Jerusalemer Behörden sprechen sollte. Warum nicht Nissim, der bisher diesen Fall geleitet und die letzten vierundzwanzig Stunden erbittert um Kompetenzen gekämpft hatte? Aber als sie zu ihm hinübersah, traf sie aus Nissims freier Augenpartie über der Schutzmaske nur ein gleichmütig unbewegter Blick. Nichts zu machen, die beiden Kollegen hatten sie ohne jede Vorwarnung an die vorderste Front geschickt. Tolle Kerle, sich hinter ihr zu verschanzen!

Um Zeit zu gewinnen, setzte sie erst mal einen gewichtigen Gesichtsausdruck auf, der dem von Motti Orr in nichts nachstand, wie sie fand. Sie öffnete in aller Ruhe die kleine Mineralwasserflasche, die vor ihr stand, schenkte sich in den Plastikbecher daneben ein, zog die Maske herunter und nahm einen großen Schluck. Wenn ihr Zeit habt, Motti, wir haben sie auch. Und auch ich kann die Maske unters Kinn klemmen. Sie verschränkte die Hände, stützte die Vorderarme flach auf den Tisch und beugte sich vor, während sie Motti fixierte.

»Schau, Motti«, begann sie und sprach den Schabak-Granden bewusst beiläufig und selbstverständlich mit

Vornamen an, »ich verstehe das alles sehr gut und vor allem auch das allgemeine Interesse daran, dass der Schabak hier die Ermittlungen durchführt. Ich möchte eigentlich dazu gar nichts sagen, sondern von etwas Persönlichem sprechen.« Motti runzelte die Stirn, Tal an seiner Seite lehnte sich, Ruhe vortäuschend, aber mit angespannter Augenpartie, in seinem Bürosessel zurück. »Wisst ihr, der *seger* macht mir ziemlich zu schaffen. Wenn ich in meiner Nachbarschaft in Jerusalem durch das Emek Refaim laufe und all die geschlossenen Läden und Cafés sehe, dann blutet mir das Herz. Die Leute sind in existenzieller Not. Vor Kurzem konnte ich im letzten Moment verhindern, dass ein Familienvater aus dem vierzehnten Stockwerk springt, weil er seine Familie nicht mehr ernähren kann. So was nimmt einen mit, glaubt mir, auch nach noch so vielen Jahren im Dienst.«

Motti verriet Zeichen von Nervosität und Ungeduld, sein Investigationschef noch mehr. Sie war in der richtigen Richtung unterwegs.

»Also tröste ich mich, womit ich kann. Zum Glück ist meine Tochter, die sonst in einer Studenten-WG in Haifa lebt, in dieser Zeit zu mir gezogen, und ich koche uns ab und zu etwas Gutes. Ich bin selbst erstaunt, wie sehr einem das hilft. Die Lebensmittelgeschäfte haben ja alle offen. Also gehe ich jeden Tag zum Bäcker in meiner Nachbarschaft und kaufe ein gutes, saftiges Stück Fleisch.« Mottis Stirn zog sich noch mehr in Falten.

»Aber was mir zu schaffen macht, ist, dass man nichts reparieren lassen kann im Moment. Die Änderungsschneiderei in meiner Nähe ist ja auch geschlossen, dabei stottert in letzter Zeit der Motor meines Autos und sollte dringend mal überprüft werden.«

Sie verstummte und trank gemächlich noch einen Schluck Wasser. Motti und Tal sahen sich einen Augenblick lang verstört an. Nur aus dem Augenwinkel sah sie, dass Nissim und der Polizeichef sich bemühten, geradezu götzenhaft stillzusitzen.

Schließlich war es Tal, der sich nicht mehr zusammenreißen konnte und sie regelrecht anbrüllte. »Sag mal, Kinny, willst du uns hier verarschen? Willst du etwa mit deinen blöden Geschichten andeuten, der Schabak verstehe nichts von Polizeiarbeit?«

Gewonnen, dachte Kinny. Etwa Peinlicheres als den Investigationschef eines Geheimdienstes, der nachfragte, ob er eine Andeutung auch richtig verstanden hatte, gab es nicht. Vor allem wenn er dabei noch die Fassung verlor.

Motti, bemüht, den überlegenen Boss zu spielen, der die Fäden in der Hand behielt und sein Hausrecht verteidigte, sagte in unterschwellig drohendem Ton: »Und um uns einen solchen Scheiß zu erzählen, bist du nach Tel Aviv gekommen?«

»Ich hätte es gerne per Videoschalte getan«, sagte Kinny. »Aber wir wurden hierhergebeten.«

Das Treffen war bald darauf zu Ende. Die Vertreter der israelischen Polizei wurden ohne größere Formalitäten hinauskomplimentiert. Kinny und Nissim hatten ihre Autos in der Nähe geparkt, der Polizeichef signalisierte seinem vor dem Gebäude wartenden Fahrer, dass es noch einen Moment dauern würde.

»So habe ich mir das nicht vorgestellt«, sagte der

Polizeichef zu Kinny. »Ich hoffte, du könntest irgendeine Art von Einvernehmen herstellen. Jetzt herrscht Krieg.«

»Ich denke, es war nicht falsch«, verteidigte sie Nissim. »Man muss diesen Besserwissern auch mal aufzeigen, wo ihre Grenzen sind. Diese Betonung des allseitigen Interesses, von dem Motti die ganze Zeit sprach ... Das sollte heißen: Die Order, den Schabak zu beauftragen, kommt von oben. Von ganz, ganz oben, meine ich. Wir sollen kaltgestellt werden.«

In der Tat, das war nicht schwer zu erraten, wenn man auch nur die leiseste Ahnung von den Vorgängen der letzten Monate und Jahre hatte. Der Premierminister hatte es dem Polizeichef nicht verziehen, dass er die Ermittlungen zu seinen Korruptionsaffären konsequent vorangetrieben hatte. Da er ihn einst aus den Reihen seiner politischen Gefolgschaft ausgewählt und in dieses Amt gehoben hatte, hatte er erwartet, entsprechende Gegenleistungen zu erhalten. Doch das war nicht eingetreten, und je enger sich die Schlinge um den Premierminister zusammenzog, desto heftiger wurden seine Ausfälle gegen die Polizei, die mancher Anhänger des Premiers bereits für eine ruchlose Mafiabande hielt. Hier lag der wahre Grund dafür, dass in diesem prestigeträchtigen, viel beachteten Fall die Polizei in eine Nebenrolle gedrängt werden sollte, damit am Ende dem Schabak die Lorbeeren zufallen würden.

»Nur weil der Premierminister höchstpersönlich dem Schneider erklärt, er müsse Automotoren reparieren, wird es ihm nicht besser gelingen«, meinte Kinny. »Aber der Druck, es schaffen zu müssen, wird umso größer.

Glaubt mir, wir drei werden heute Nacht besser schlafen als Motti und Tal.«

»Dafür haben wir dieses Treffen anberaumt? Damit wir heute Nacht besser schlafen als die?«, ereiferte sich der Polizeichef. Er konnte die Brutalität, mit der er hier ins Abseits gestellt wurde, nicht verwinden und ließ den Dampf nun bei ihr ab.

»Zu verhandeln gab es da oben ohnehin nichts«, sagte Kinny. »Die Entscheidungen sind, wie Nissim gesagt hat, auf oberster Stufe gefallen. Aber sie wissen, dass wir sie genau beobachten, dass wir genau beurteilen können, wie gut oder wie schlecht sie arbeiten. Und es ist keineswegs gesagt, dass der Fall nicht zu einem gegebenen Zeitpunkt wieder an uns zurückgeht. So sehe ich das.«

»Ich bin sehr unzufrieden. Sehr unzufrieden«, grummelte der Polizeichef.

»Wenn ihr erlaubt, fahre ich jetzt nach Hause,« sagte Kinny. »Ich konnte nicht mal richtig zu Abend essen.«

»Danke, dass du gekommen bist«, sagte Nissim unsicher. Es musste ihm unangenehm sein, dass er Kinny in diese Situation gebracht hatte, in der ihr nun ihr oberster Vorgesetzter zürnte, nachdem sie die ganze Verantwortung zuvor auf ihr abgeladen hatten. Dass es Nissims Idee gewesen war, sie hier in den Vordergrund zu schieben, war schließlich leicht zu erraten.

Schon halb im Gehen wandte Kinny den Kopf noch einmal zu den beiden Männern und sagte: »Um das klarzustellen: Mir liegt viel daran, dass der Mörder gefunden wird. Die Wacholders waren Freunde von mir. Ich bin auch nicht glücklich, dass der Schabak das jetzt übernimmt, und habe viele Vorbehalte. Aber Erfolg wünsche ich ihnen trotzdem. Gute Nacht allerseits.«

Kinnys Voraussage, dass sie heute Nacht besser schlafen würde als die beiden Geheimdienstleute, traf nicht ein. Als sie gegen Mitternacht heimkam, war sie aufgewühlt. Mia saß in ihrem Zimmer und sprach mit irgendwelchen Leuten am Telefon, winkte ihr nur kurz, als sie die Tür aufmachte. Kinny wärmte sich einen Teller von dem verpassten Abendessen auf, aber sie aß zu hastig, ein Bissen blieb ihr im Hals stecken, und nur mit größter Mühe spülte sie ihn mit Wasser herunter. Erschöpft und frustriert warf sie den Rest des Essens in den Müll. Entgegen ihrem Vorsatz klickte sie sich durch die Nachrichtenseiten. Alles klang deprimierend, nicht nur hier, auch anderswo: Sie las von der verzweifelten Situation in den Krankenhäusern von New York und dachte an Golan, hatte aber kein Bedürfnis, ihn wieder anzurufen. Als sie sich hinlegte, zog das seltsame Treffen in Tel Aviv an ihrem inneren Auge vorüber, und sie fragte sich wieder und wieder, ob sie sich richtig verhalten hatte, warum der Polizeichef sich hinter ihr versteckte, um ihr nachher böse zu sein, ob es negative Folgen für sie haben könnte, ihn verärgert zu haben, ob Nissim, der sie in diese Sache hineingezogen hatte, wirklich ein verlässlicher Partner war und zu ihr halten würde, wenn sie ihn brauchte – und sie fand auf jede dieser Fragen hundert Antworten oder auch gar keine.

Als sie endlich einschlief, hatte sie einen seltsamen Traum. Sie war in einem Zimmer, in dem eine Gruppe von Menschen um ein uraltes Radiogerät stand. Alle lauschten andächtig, und eine Frau schrieb mit, was im Radio gesagt wurde. Kinny bemühte sich zu hören, was diese Leute so fasziniert an das Radio fesselte. Sie verstand nur die Wortfetzen *»welcome to the club«*, und tatsächlich erkannte sie, dass einer der Männer, der um das Radiogerät herumstand, Golan war. Plötzlich war sie draußen, und vor einem Fenster auf dem Gehsteig drängelten sich ebenfalls Menschen, das Radio lief immer noch, und auch hier draußen schienen alle zuhören zu wollen. Das Ganze kam ihr vor wie ein Déjà-vu. Plötzlich drehte ihr einer von den Leuten vor dem Fenster den Kopf zu und rief: »Ich habe die Hoffnung verloren.« Erst jetzt erkannte sie, dass es der Mann war, der sich hatte vom Balkon stürzen wollen.

Sie erwachte, und nach einigen Minuten der Bestürzung und des fieberhaften Nachdenkens stand sie hektisch auf, klappte ihren Laptop auf und schaute sich im Internet historische Filmaufnahmen an. Sie hatte richtig gelegen. Die Bilder, die sie geträumt hatte, kannte sie aus einem berühmt gewordenen Wochenschaubericht, der die Menschen zeigte, die damals im Mandatsgebiet Palästina am 29. November 1947 gebannt die Auszählung der Stimmen der UN-Vollversammlung anhörten, mit der das Ende des britischen Mandats über Palästina und faktisch die Gründung Israels beschlossen wurde. Nach diesem Datum war die Straße benannt, in der gestern Nacht die Wacholders erschossen worden waren. Die »Hoffnung«, *Haktikva*, das war der Name der israelischen Nationalhymne, die in den patriotischen Aufbereitungen dieser berühmten Aufnahme, die Kinny seit ihrer Kindheit immer wieder gesehen hatte, am Ende eingespielt wurde.

Es war den findigen Journalisten von *Reschet Bet* nicht verborgen geblieben, dass es Zoff zwischen der Polizei und dem Schabak gab. Kinny ließ das Radio nach den Sieben-Uhr-Nachrichten weiterlaufen, weil sie gespannt war, was in der Politiksendung, die dann immer folgte, über den Mord und die Ermittlungen gesagt würde. Sie mochte die aufsässigen Moderatoren des Senders, die sich nie scheuten, Politiker aller Couleur und Vertreter aller Interessensgruppen in die Mangel zu nehmen. Sie stellte, während sie das Frühstück vorbereitete, das Radio etwas lauter, als sie hörte, dass nun Motti Orr in der Leitung war.

»Man hört, es gebe ein Kompetenzgerangel zwischen dem Schabak und der Polizei bei den Ermittlungen zum Mord an Ruchama und Gil Wacholder.«

»Ich weiß nicht, woher Sie solche Gerüchte hören. Es gibt keinerlei Kompetenzgerangel, sondern eine wohlorganisierte und koordinierte Zusammenarbeit. Im Gegenteil, ich würde sogar sagen, wir setzen die unterschiedlichen Kompetenzen ideal ein, um dieses furchtbare Verbrechen aufzuklären.«

»Und wer setzt welche Kompetenzen ein?«

»Sie werden verstehen, dass ich das in der Öffentlichkeit nicht im Detail auseinandersetzen kann.«

»Ich verlange keine Details. Aber es handelt sich doch um einen Fall von öffentlichem Interesse, und Sie arbeiten mit unseren Steuergeldern. Da würde es mich wundernehmen, wenn in diesem Mordfall anders ermittelt würde als in anderen.«

»Nun, es ist ein politischer Fall.«

»Warum ist es ein politischer Fall? Weil Ruchama Wacholder eine Politikerin war?«

»Sie stellen Fragen zu einer laufenden Ermittlung. *No comment*.«

»Lassen Sie mich die Frage anders stellen: Wie wird eigentlich entschieden, wie die Ermittlungen aufgeteilt werden? Ich meine, es muss doch jemanden geben, der sagt, das ist kein Fall wie tausend andere Morde, in denen die Polizei allein ermittelt, sondern der den Schabak ins Spiel bringt.«

»Wie Sie sagen, es ist kein Fall wie tausend andere.«

»Wissen Sie, ich würde all das nicht fragen, wenn es nicht Signale seitens der Polizei gäbe, dass man die Zusammenarbeit dort nicht so schätzt, wie man das beim Schabak offenbar tut.«

»Ich kann Ihnen versichern, dass die Zusammenarbeit harmonisch verläuft. Wir haben gerade gestern Abend ein langes und intensives Gespräch mit führenden Vertretern der Polizei geführt und alle Missverständnisse ausgeräumt.«

»Es gab also Missverständnisse.«

Motti wand sich. »Hören Sie, wenn Sie zwei Behörden zusammenspannen, dann gibt es notgedrungen Reibungsverluste. Es wäre vollkommen falsch, das zu dementieren. Aber es ist ebenso falsch, es zu dramatisieren. Wie gesagt, wir haben diese Fragen geklärt.«

»Meinen Informationen zufolge soll bei diesem Gespräch der Schabak als Institution beschrieben worden sein, die zum Auflösen von Verbrechen ebenso geeignet ist wie ein Schneider zum Reparieren eines kaputten Autos.«

Eine Sekunde, vielleicht auch nur eine Viertelsekunde zögerte Motti Orr, bevor er sagte: »Ich weiß nicht, woher Sie Ihre Informationen beziehen, aber ich kann Ihnen versichern, solche Sätze fielen nicht.«

»Ähnliche?«

»Ich schlage vor, Sie lassen uns jetzt in Ruhe unsere Arbeit machen und diesen Fall lösen.«

»Einverstanden. Nicht dass es dann heißt, Sie hätten den Fall nicht gelöst, weil ich Sie mit meinem Interview zu lange aufgehalten habe. Schönen und erfolgreichen Tag noch, Motti Orr, stellvertretender Leiter des Schabak.«

Kinny schaltete das Radio aus, setzte sich an den Küchentisch und nippte an ihrem Milchkaffee. Dazwischen stellte sie die Tasse ab und lächelte über die unwiderstehliche Chuzpe des Moderators. Zugleich schwankte sie zwischen Stolz und Wut darüber, dass sie soeben indirekt zitiert worden war.

Es dauerte keine Minute, bis eine Textnachricht von Nissim kam. *Hast du Motti im Radio gehört eben?*

*Ja*, tippte sie.

*Die Geschichte mit dem kaputten Auto: Hatten die das von dir?*, kam von Nissim zurück.

Kinny legte das Telefon weg. Sie biss ein Stück butterglänzenden Toasts ab und schmunzelte kauend vor sich hin. So schlecht hatte dem Polizeichef ihre Antwort auf Motti Orrs Anmaßungen offenbar doch nicht gefallen.

## 5

Es hatte Kinny anfangs Mühe bereitet zu akzeptieren, dass Mia sich nach dem Militärdienst entschlossen hatte, am Haifaer Technion Architektur zu studieren. Schon Mias erste Überlegungen dazu waren ihr wie eine weitere Solidarisierung mit Ariel erschienen, und so hatte sie den Fehler gemacht, Mia abzuraten, obwohl sie dafür gar keine rationalen Gründe anführen konnte. Was sprach dagegen, dass eine Tochter sich für den Beruf ihres Vaters begeisterte?

Was Ariel anging, so war ihr Leben ein Kampf geblieben, der sich in den Jahren nach der Scheidung verselbständigt hatte. Sie dachte viel zu oft daran, dass nichts, was in ihrem Leben geschah, Ariel die Befriedigung verschaffen sollte, besser dazustehen als sie, und wurde den kindischen Wunsch nicht los, ihm zu beweisen, dass sie ohne ihn erst richtig befreit wäre. Natürlich war das in ihrer eigenen Therapie immer wieder ein Thema gewesen, sie hatte es auch besser im Griff als früher. Aber an der allerempfindlichsten Stelle ihrer Existenz – ihrer Tochter – wurde sie den Druck der dauernden und übermächtigen Präsenz ihres Konkurrenten Ariel nicht los. Nicht dass Mia einmal denselben Beruf ausüben würde wie Ariel, störte sie, sondern dass ihr Ex-Mann dadurch alle möglichen Hebel in die Hand bekam, Mia in einer Weise zu fördern und vielleicht auch an sich zu binden, wie sie es nie schaffen würde.

»Du hast immer noch Angst, Ariel würde Mias Held und das würde dir etwas von ihr wegnehmen, nicht wahr?«, hatte ihre Therapeutin gesagt. »Als wärt ihr noch mitten im Kampf um dieses Kind. Als wäre sie noch dreizehn Jahre alt und nicht zwanzig. Als würde dir etwas im Leben abgehen, wenn deine Tochter ihren Vater verehrt, dem du nicht verzeihst, dass er dir eine demütigende Niederlage zugefügt hat.« Besonders phantasievoll war diese Analyse nicht, aber sie traf zu. Wie sehr sie zutraf, erkannte Kinny selbst jetzt noch, gut fünf Jahre später, an diesem Morgen, als Mia aus dem Bad kam und ihr zurückhaltend, aber sichtlich freudig erzählte, dass sie im Sommer eine Stelle in der Baubehörde von Rischon LeZion erhalten würde, vorausgesetzt, sie hätte bis Juni ihr Diplom, was aber außer Frage stand. Heute früh habe sie die Zusage bekommen.

»Gratulation«, sagte Kinny knapp.

Mia verschränkte die Arme und lehnte sich an den Türrahmen. »Weißt du, was das für eine Chance ist, *Ima*? Um so was reißen die sich in unserem Jahrgang.«

Das wusste Kinny. Mia hatte ihr schon erzählt, wie schwierig es für Absolventen war, irgendwo unterzukommen. Gerade jetzt, in der Virus-Krise, in der auch die Zukunft des Immobilienmarkts vollkommen unklar war, gab es überall Entlassungen oder zumindest Einstellungsstopps. Auch Ariels Büro war davon betroffen und hätte sie höchstens unbezahlt beschäftigen können. Aber er hatte offenbar wieder mal seine Beziehungen spielen lassen.

»Über wen lief das dort? Ido Melzer?«

»Ja, klar, er ist der Chef, am Ende muss er zustimmen.«

»Hat *Aba* gut hingekriegt. Ich freu mich für dich«, sagte Kinny. Sie trank den letzten Schluck Kaffee und begann, das Frühstücksgeschirr abzuräumen. Für Mia war noch ein Platz gedeckt.

»Man sieht, wie du dich freust. Riesig freust du dich! Selbst wenn du einen Frosch schlucken müsstest, würdest du kein solches Gesicht machen. Und nur damit du das weißt: Ich habe mich dort beworben wie Dutzende andere auch.«

»Und *Aba* hat natürlich keinen Finger gerührt.«

»*Aba*, immer *Aba*, verdammt. Selbst wenn er Ido mal drauf angesprochen hat – ist das etwa verboten?«

»Ich denke nur, wenn Gil dort noch zuständig wäre, hätte diese Tour nicht geklappt«, meinte Kinny trocken.

»Ja natürlich, die alte Leier«, rief Mia und redete sich in Rage. »Bloß um Himmels willen keine *protekzia*, das ist alles, was dich interessiert. Und dann soll auch noch *Aba* seine Hand im Spiel gehabt haben, wie grauenhaft! Deshalb hast du es wohl auch nicht geschafft, gestern Rotem anzurufen, obwohl du es mir versprochen hast. Wieder jemand, der seinen Job *Aba* verdankt hat, wieder *protekzia*. Ja, genauso ist es: Er bemüht sich für alle, und du, dir ist es ganz egal, ob ich eine Stelle bekomme oder nicht. Hauptsache, du bist mit dir im Reinen, Hauptsache, keine *protekzia*. Keiner Mutter in ganz Israel ist so piepegal, was mit ihrer Tochter geschieht, wie dir. Und was deinen heiligen Gil betrifft: Natürlich hätte er mich angestellt. Genauso wie Ruchama Rotem angestellt hat. Wie hast du gestern gesagt? Es sind immer die Besten, die dran glauben müssen.«

Hastig, ohne sie eines weiteren Blickes zu würdigen, machte Mia die Hundeleine an Itztrubals Halsband fest, zog eine Jacke an und eilte mit dem Hund aus dem Haus.

Als Mia draußen war, vergrub Kinny das Gesicht in den Händen. Zwölf Stunden war es her, dass sie seit Langem wieder ein tiefes Glücksgefühl verspürt hatte. Nun schien alles schon wieder zerstoben, zertrampelt unter den alten, hässlichen Diskussionen. Sie hatte es wieder nicht geschafft, über ihren Schatten zu springen, ihre Grundsätze unterzuordnen und sich ganz auf die Freude ihrer Tochter einzulassen. Doch welchen Wert hatte eine Beziehung, wenn sie nur um den Preis der Selbstverleugnung aufrechtzuerhalten war? Hatte sie nicht alles drangesetzt, Mia die Bedeutung von Gerechtigkeit und Moral zu vermitteln? Und nun sollte sie das alles fahren lassen? Oder hatte Mia recht, und die Moral zählte hier viel weniger als Kinnys Eifersucht auf Ariel?

Schon ein paar Monate zuvor waren Mia und sie in Streit geraten, als es um Korruption und Gefälligkeiten ging. Damals stand der Polizeichef unter Dauerbeschuss vom Premierminister, der von reichen Leuten massenweise teure Geschenke angenommen und noch einige andere gesetzlich fragwürdige Dinge eingefädelt hatte und der öffentlich gegen die Empfehlung der Polizei vorging, Anklage gegen ihn zu erheben. Sie sprachen darüber, als Mia einmal bei ihr zu Besuch war, und Kinny stellte schockiert fest, dass ihre Tochter die Angelegenheit entwaffnend pragmatisch betrachtete.

»Ich kann dieses moralinsaure Gejammer über den Premierminister nicht mehr hören«, sagte Mia damals. »Dem ganzen Land geht es so gut wie nie zuvor, ihr habt alles, was ihr wollt, reist im Ausland herum und kauft euch dort hübsche Klamotten, es gibt weniger Terroranschläge hier als in Europa, wir schicken Raumsonden zum Mond. Und wenn die beiden Vorgänger des Premiers, diese Deppen, nicht Gaza geräumt und es im Libanon in einem miserabel geführten Krieg verbockt hätten, wäre dort auch alles noch ruhiger, als es schon ist. Aber wehe, der Premierminister lässt sich mal von einem Milliardär ein paar Zigarren oder Flaschen Champagner schenken oder macht irgendwelche Deals mit ein paar Medienleuten, damit sie etwas Nettes über ihn und seine Frau schreiben. Dann geht gleich die Welt unter. Lasst doch dem Typ sein bisschen Freude, in der Privatwirtschaft hätte er das Zwanzigfache verdient.«

»Du verstehst nicht«, hatte sich Kinny gewehrt, »dass Korruption den Rechtsstaat zerstört. Meine Angst gilt weder den Arabern noch den Iranern, mit denen uns dauernd vor der Nase herumgefuchtelt wird. Meine Angst ist, dass dieser Staat irgendwann aus lauter innerer Fäulnis in sich zusammenklappt. Lies mal die Propheten, lies Micha oder Amos, dann weißt du, was ich meine.«

»Ach, die Propheten«, sagte Mia hämisch, »dein letztes religiöses Aufgebot. Die haben ja auch nichts geleistet, außer den Leuten das Leben madig zu machen. Miesepetrige Quälgeister waren das, die lieber dauernd irgendwelche Untergänge voraussagten, statt mit anzupacken und das Volk zu ermutigen, damit die überforderten Herrscher etwas zuwege bringen.«

Schafften sie es wirklich nicht, über ihre Schatten zu springen? Mussten sie sich wegen solcher Fragen, die nichts mit ihrem Alltag zu tun hatten, einander entfremden? Oder lag es tatsächlich ausschließlich an ihr selbst, dass sie zu keinem Menschen eine ungetrübte Beziehung hatte aufbauen können? Sie erinnerte sich an ein Telefongespräch mit Golan kurz nach dem damaligen Streit mit Mia über den Premierminister. Sie hatte ihm davon erzählt, im Wissen, dass Golan ihrer Weltanschauung nahe war. Doch zu ihrer Überraschung hatte Golan ihr erklärt, sie erinnere ihn an den Vater, dem seine Prinzipien auch immer wichtiger gewesen seien als Beziehungen, und nun sei er ein alter verbitterter Mann, der es kaum mehr schaffe, ein vernünftiges Gespräch mit seinen Kindern zu führen.

Wenn Kinny bei der Polizei Konflikte zwischen Kollegen lösen musste, versuchte sie immer, den Beteiligten Anknüpfungspunkte aufzuzeigen, die nicht direkt mit ihrem Problem zu tun hatten und so eine weniger belastete Annäherung erlaubten. Vielleicht könnte sie eine Versöhnung mit Mia dadurch erreichen, dass sie endlich das Versprechen einlöste, das sie Mia gegeben hatte, und mit Rotem redete.

Rotems Nummer hatte Mia ihr gestern geschickt. Doch Rotem ging nicht ans Telefon, nach drei oder vier Ruftönen lehnte sie den Anruf ab. Einen Augenblick lang war Kinny vor den Kopf gestoßen. War Rotem bereits so eingeschnappt, dass sie nicht mehr bereit war, mit ihr zu sprechen? Unsinn, sie konnte gar nicht wissen, wer sich hinter Kinnys Nummer verbarg.

Beinahe wider Willen öffnete sie eine Nachrichtenseite, um zu schauen, was sich die Zeitungsleute zum Fall Wacholder einfallen ließen. Auch wenn es von den Ermittlungen nicht viel Neues zu berichten gab, musste man natürlich den Lesern etwas zu diesem Thema bieten. Zum einen waren sie schließlich immer noch erschüttert, zum anderen saßen sie in ihren Häusern fest und dürsteten nach irgendwelchen anderen Neuigkeiten als denen über das Virus. Und so wurden Nachbarn und angebliche Freunde der Wacholders aus Rischon befragt, von denen Kinny noch nie gehört hatte, politische Weggefährtinnen von Ruchama und, weniger prominent, auch einige Leute, die mit Gil zu tun hatten. Diese Heiligenviten, die da gestrickt wurden, waren todlangweilig. Trotzdem las Kinny sie andächtig durch, halb froh und halb beleidigt, dass man sie und Ariel nicht auch befragt hatte. Was hätte sie erzählt? Etwas, was sie nirgends geschrieben fand, jedenfalls. Dass Ruchama eine Persönlichkeit war, die nie impulsiv entschied und sich auf eine Position erst festlegte, wenn sie sie überdacht hatte. Das machte sie widerständig und in den Augen vieler ihrer opportunistischen Mitstreiter schwerfällig. Parteidisziplin fiel ihr nicht immer leicht, und oft ließ sie sich auf die Unterstützung eines Anliegens nur ein, wenn man ihr dafür in einer anderen Frage entgegenkam, die ihr am Herzen lag. Ihre politische Karriere beruhte mehr auf Standfestigkeit und Prinzipientreue als auf Flexibilität. Einmal hatte Kinny erlebt, wie Gil Ruchama fragte, warum sie an einem Empfang nicht teilgenommen hatte, obwohl sie gerade dort vielleicht Leute für ein Anliegen hätte mobilisieren können. »Ich mag keine *rogelach*«, sagte Ruchama, und damit war die Sache erledigt. Zuletzt war sie, Kinnys Beobachtungen zufolge, zu immer mehr Leuten auf Distanz gegangen, hatte sich ihre eigene Meinung erlaubt und sich – man musste die Sache beim Namen nennen – isoliert. Das wollte offenbar niemand von den Befragten so offen zur Sprache bringen. Und Gil? Ein braver Frührentner, hieß es, der alles für seine Familie und seine Ehe tat. Das war alles, was man über ihn erfahren konnte. Dabei war Gil nun wirklich mehr als das: ein begabter Architekt, der die entscheidenden kreativen Ideen beigesteuert hatte, mit denen das Büro sich einst etabliert hatte; vor allem aber ein Muster an Anständigkeit und Unbestechlichkeit.

Sie stand auf, um sich einen Tee zu kochen. Als sie, die dampfende Tasse in der Hand, zurückkam, sah sie, dass über das Intranet ein Arbeitsauftrag hereingekommen war. Es ging um eine Liste von Personen, die im Raum Jerusalem für eine Beförderung vorgeschlagen wurden. Sie war dreimal so lang wie die der zu vergebenden höheren Ränge. Diese Beförderungsverfahren waren immer sehr arbeitsaufwändig und mühsam, auch wenn die vorgeschalteten Eignungstests schon eine gewisse Tendenz aufzeigten. Kinny wurde regelmäßig als Fachpsychologin in den Entscheidungsprozess miteinbezogen. Sie hatte bereits etliche Male darum gebeten, von dieser Aufgabe entbunden zu werden, doch nur eine teilweise Entlastung erreicht, sodass es sie dennoch jedes zweite oder dritte Jahr traf. Diesmal allerdings löste es geradezu Erleichterung in ihr aus, die Fülle an Dossiers zu sehen, die sie zur Vorbereitung der persönlichen Gespräche viele Stunden beschäftigen würden. Irgendwann bemerkte sie, dass Itztrubal an ihren Füßen schnüffelte – ein Zeichen, dass Mia wieder zu Hause war. Mia selbst schaute aber nicht bei ihr herein.

Nach kurzer Zeit war Kinny so in diese Materie vertieft, dass sie überrascht aufblickte, als sie nach drei oder vier Stunden durch die geschlossene Tür ihres Arbeitszimmers hindurch hörte, wie ihre Tochter mit Pfannen hantierte. Kinny ging in die Küche.

»Kochst du was zum Mittagessen?«, fragte sie.

»Jemand muss es ja wohl tun«, brummte Mia missgelaunt.

Kinny stand eine Weile unentschlossen im Türrahmen. Schließlich trat sie von hinten an Mia heran und berührte ihre Schultern. »Können wir uns denn nicht einfach verstehen? Als Mutter und Tochter?«

Mia rührte ihre Salatsauce weiter, ohne sich umzudrehen. »Es ist okay, *Ima*. Du bist du, und ich bin ich. Wir müssen da jetzt nicht irgendeine Show abziehen. Deck bitte den Tisch, dann können wir in ein paar Minuten essen.«

Während Mia die Gemüse-Omeletten, die sie gekocht hatte, hereintrug, ging Kinnys Telefon. »Es ist Rotem«, sagte Kinny nach einem Blick auf das Display. »Ich habe sie heute Morgen schon versucht zu erreichen. Soll ich ihr sagen, dass ich sie später zurückrufe?«

»Mir egal«, sagte Mia, setzte sich hin, füllte sich den Teller und heftete den Blick auf ihr Smartphone.

Kinny drückte den Anruf weg. So wie Rotem sie vorher weggedrückt hatte. »Essenszeit ist Essenszeit«, sagte sie, erschrocken darüber, dass das ein klassischer Spruch ihres Vaters war, der Störungen beim Essen grundsätzlich nicht geduldet hatte. Dann nahm sie sich ebenfalls eine Portion.

»Schade«, sagte Mia. »Mir schmeckt's auch allein. Rotem hätte dich jetzt gerade mehr gebraucht als ich.«

# 6

Der Schabak hatte nichts anbrennen lassen. Der Besuch von zwei seiner Ermittler sei der Grund gewesen, warum sie Kinnys Anruf weggedrückt habe, erklärte Rotem, als Kinny sie später zurückrief.

»Besuch? Bei dir zu Hause? Mitten im *seger*?«

»Nicht zu Hause. Sie wollten, dass ich ihnen Ruchamas Abgeordnetenbüro aufschließe. Sie haben alles mitgenommen. Akten, Computer, Notizen. Nur die Möbel haben sie dagelassen. Und den Ficus.«

»Das müssen sie. Ist Teil der Ermittlungsarbeit.«

»Ist mir schon klar, es hatte trotzdem etwas Brutales.«

»Tut mir leid, dass du das durchmachen musst. Haben sie mit dir denn nicht gesprochen?«

»Doch, ziemlich lange sogar. Man hat ihnen dort ein Sitzungszimmer zur Verfügung gestellt, mit Spuckschutz und allem Drum und Dran, die beiden haben mich zwei Stunden lang verhört.«

»Nicht verhört. Befragt. Du bist ja nicht verdächtig.«

»Ich habe mich aber so gefühlt. Ich glaube, für die ist jeder, den sie vor sich haben, ein potenzieller Terrorist. Der Schabak halt.«

»Haben sie dich unter Druck gesetzt?«

»Irgendwie schon. Nicht dass sie gedroht hätten oder so. Im Ton blieben sie immer korrekt. Aber sie haben mich dauernd dasselbe gefragt, auch wenn ich auf eine

Frage schon geantwortet hatte oder sagte, ich wisse es nicht. Als würde ich etwas verheimlichen wollen.«

Solche Techniken kannte Kinny aus dem Polizeidienst. Nicht selten wurde sie bei besonders schwierigen Vernehmungen hinzugezogen, manchmal nur unsichtbar hinter dem verspiegelten Trennglas, um das Gespräch danach mit den Beamten zu analysieren – zuweilen aber bat man sie, eine Vernehmung selbst zu übernehmen. Sie hielt wenig von dieser Methode des In-die-Enge-Treibens – vor allem aber wurde sie bei der Polizei höchstens angewandt, wenn es sich um Verdächtige handelte, nicht bei Zeugen. Oder hegte der Schabak etwa einen Verdacht gegen Rotem? Eigentlich hatte Kinny angerufen, um Rotem zu trösten, aber sie spürte, dass sich in der jungen Frau mehr angesammelt hatte. Zum Verlustgefühl waren Frustration und Verunsicherung gekommen.

»Was genau haben sie dich denn gefragt?«

»Ob Ruchama nervös war in letzter Zeit oder sich bedroht gefühlt hat. Ob ich von Drohungen weiß, oder von Vorfällen, die man rückwirkend als Vorboten dieser Tat deuten könnte. Und auch, ob ich persönlich mit Ruchama einen Konflikt hatte.«

»Und was hast du ihnen gesagt?«

Rotem druckste herum. »Ich glaube, das kann ich dir jetzt nicht einfach so erzählen. Sie haben mir eingeschärft, dass ich alle meine Aussagen vertraulich zu behandeln habe.«

Kinny stutzte. So wie Rotem das berichtete, klang es nach Einschüchterung. Sie bohrte aber nicht weiter nach, um Rotem nicht in zusätzliche Nöte zu bringen. Wenn Kinny in ihrer Funktion als Psychologin Gespräche führte, versuchte sie sich, anders als in Vernehmungen, nach dem Prinzip eines Psychiaters zu richten, dessen Buch ihr vor Jahren während ihrer Zeit in Tübingen in die Hände gefallen war. Darin vertrat er die These, dass dem Fragen immer etwas Obszönes anhafte, weil es ein Machtverhältnis zugunsten des Fragenden schaffe. Also so wenig Fragen als möglich.

»Hör zu, Rotem, ich denke, im Moment ist das Wichtigste, dass du mit der Situation klarkommst. Du hast dich Ruchama ja auch persönlich nah gefühlt.«

»Ehrlich gesagt ist Nähe nicht der richtige Ausdruck. Nähe hat sie kaum zugelassen. Ich habe sie sehr respektiert. Bewundert vielleicht. Sie war eine starke und unabhängige Frau, so wie man unserer Generation immer sagt, dass wir sein sollen. Aber sie war dreißig Jahre älter als ich.«

»Ein Vorbild. Ich denke, sie war ein Vorbild für viele. Ich habe sie ja auch persönlich gekannt. Sie strahlte Entschlossenheit aus.«

»Ich glaube, das nimmt mich am meisten mit, weißt du, Kinny. Dass jemand, der solche Stärke und Unabhängigkeit ausstrahlt, einfach so ermordet wird.«

Kinny war sich nicht ganz sicher, ob sie Rotem richtig verstand. Meinte sie, dass man bei Menschen, die weniger Stärke ausstrahlten, eher erwartete, dass sie umgebracht würden? Sie schwieg, wartete, ob da noch etwas kommen würde. Tatsächlich sprach Rotem nach einer kurzen Pause weiter.

»Ruchama war der Inbegriff einer emanzipierten Frau. Sie sagte, was sie dachte, und dafür wurde sie bestraft. Das war eine Botschaft an uns alle.«

»An uns Frauen, meinst du«, ergänzte Kinny.

Rotem sagte dazu nichts.

»Ruchamas Mann wurde auch erschossen«, bemerkte Kinny nach längerem Schweigen.

»Kollateralschaden«, meinte Rotem bitter.

»Aber man vermutet, dass es ein islamistischer Anschlag war.«

Wieder schwieg Rotem für eine Weile. Schließlich sagte sie, und ihre zuvor harte Stimme hatte nun etwas Zittriges: »Ruchama hat mich gerade erst letzte Woche angerufen und mir angeboten, mich zu befördern. Ihre Bürochefin zu werden, wenn ich das Studium Ende des Jahres abgeschlossen habe.«

Es war klar: Mit dem Tod von Ruchama Wacholder war Rotem die Perspektive einer mittelfristigen beruflichen Zukunft abhandengekommen. Und das in Zeiten galoppierender Arbeitslosigkeit, in denen es für Studienabgängerinnen auch in der Politologie besonders schwer sein würde, eine neue Stelle zu finden. Rotem saß allein daheim, verwirrt, verunsichert, von Zukunftsängsten geplagt, und wenn sie mal ihr verwaistes Büro in der Knesset betrat, wurde sie dort von Schabak-Leuten auseinandergenommen und eingeschüchtert.

»Gibt es etwas, was dich besonders entspannt, Rotem? Etwas, was du gern tust? Bei dem du merkst, dass du eine autonom handelnde Person bist, die volle Kontrolle über ihr Leben hat?«

»Wenn wir nicht zu Hause festhocken würden, hätte ich gesagt, Volleyball. Normalerweise trainiere ich mit meinem Team zweimal die Woche, und am Wochenende sind die Ligaspiele. Aber jetzt … Das Einzige, was ich wirklich ausdauernd und intensiv tue, ist essen. Konzentrieren kann ich mich auf nichts mehr. Seit Ruchama tot ist, habe ich sicher schon zwei Kilo zugenommen. Ich werde als Fass aus dem *seger* kommen.«

»Das ist nicht gut, Rotem«, sagte Kinny. »Aber das weißt du selbst. Gibt es nichts, was du sonst immer getan hast, um dich zu entspannen? Meditation? Yoga?«

»Der entspannte Typ war ich nie. Schon die Vorstellung, für eine längere Zeit im Schneidersitz auf einer Matte zu sitzen, bringt mich zum Schreien.«

»Hast du wenigstens jemanden, mit dem du reden kannst? Der dir zuhört?«

»Ab und zu mein Spiegelbild. Aber das sieht immer aus, als würde es gleich losheulen, wenn ich mich beklage. Dazu wird es immer fetter.«

Kinny hörte sie atmen. »Würde es dir helfen, wenn wir regelmäßig telefonieren? Ich meine nicht wie Therapiesitzungen, einfach so zum Quatschen.«

»Ja, warum nicht? Danke für das Angebot.«

»Gut, dann erwarte ich deinen Anruf. Sonst melde ich mich in ein paar Tagen wieder.«

»Kinny …«, sagte Rotem unvermittelt und mit einer gewissen Unruhe in der Stimme.

»Ja?«

»Nichts. Alles okay. Danke nochmals. Wir hören voneinander.«

Kinnys Versuch, nach dem Gespräch mit Rotem das Studium der Dossiers der Beförderungsanwärter wieder aufzunehmen, scheiterte kläglich. Sie konnte das Gespräch nicht mit der üblichen professionellen Distanz innerlich abheften und zu ihrem Tagesablauf zurückkehren. Wenn sie daran dachte, wie sehr sie auch der Einsatz zur Rettung des Selbstmordkandidaten auf dem Balkon in East Talpiot mitgenommen hatte, musste sie sich fragen, ob der *seger* sie dünnhäutiger gemacht hatte. Verlor sie mit dem Wegfall ihrer Alltagsroutinen ihre innere Mitte? Sie wusste, dass auch die belastete Situation mit Mia ihr zusetzte. Nachdem sie eine Stunde lang auf die Dossiers gestarrt, sie geöffnet und wieder geschlossen hatte, ohne sie inhaltlich zu erfassen, klappte sie den Laptop wütend zu, zog sich eine Maske übers Gesicht, schnallte Itztrubal an die Leine, als hätte sie nie etwas anderes getan, und verließ das Haus. Noch während sie zur Tür hinaustrat, verzog sich ihr Mund unter der Maske zu einem diebischen Grinsen. Wer Hunde ausführte, so hatte sie vor einigen Tagen irgendwo gelesen, als es sie noch kaum interessiert hatte, für den galt die übliche Beschränkung der Bewegungsfreiheit auf einen Radius von fünfhundert Meter nicht.

Sie überquerte die Bethlehem-Straße und stieg, eine Abkürzung benützend, die paar grob gehauenen Steinstufen hinauf zur alten Jerusalemer Bahnstation. Das bis vor einigen Jahren vernachlässigte historische Gebäude aus der osmanischen Zeit war inzwischen renoviert und neu gestaltet worden, nun befanden sich Läden und Restaurants darin und in kleineren, kabinenartigen Bauten auf dem weiten Vorplatz. Etliche der Restaurants hatten auch am Schabbat geöffnet, was man sonst in Jerusalem eher selten fand. So war die »First Station« zu einem beliebten Schabbat-Treffpunkt in Sichtweite der Altstadt geworden, zum »Tempel der Säkularen« in Jerusalem, wie einer von Kinnys Arbeitskollegen den alten Bahnhof einmal genannt hatte. Auch an Werktagen war hier in normalen Zeiten immer etwas los, auf einem überdachten Teil des Platzes traten junge Bands auf, oder Rentner besuchten Tai-Chi-Kurse. Doch nun war alles geschlossen und ausgestorben, und auch die *messila* lag verlassen da. Zwischen den Schienen dieser ausgedienten Eisenbahnstrecke war ein gepflegter Belag aus imitierten Holzplanken verlegt worden, woraufhin sie zu einem der beliebtesten Spazierwege der Stadt geworden war, daneben verlief eine Radspur. Kinny begann, den angestrengt, aber brav mitzottelnden Itztrubal neben sich, die Strecke abzulaufen, überquerte die sonst dauerverstopfte, nun kaum befahrene mehrspurige Pierre-König-Straße, die zum Unmut vieler Spaziergänger den Schienenweg unterbrach, und ging dann auf der anderen Seite weiter durch das Mekor-Chaim-Quartier und am Gonenimpark vorbei, einer früher hässlichen Brache, die auf Druck der Anwohnerschaft in eine großzügige Anlage mit Spielplätzen, Grünflächen und einem Bächlein samt Seerosenteich ausgebaut worden war. Von dort hinunter nach Talpiot und ins arabische Quartier Beit Safafa, dessen kleiner Kunstrasen-Fußballplatz neben der Schule mit ihrem Minarett ebenfalls verwaist dalag.

Als es zu regnen anfing, wickelte sie sich in ihre Windjacke und zog die Kapuze hoch. Es war wirklich der feuchteste Frühling, an den sie sich erinnern konnte. Der Hund ließ sich von der Unbill des Wetters nicht viel anmerken, außer dass er sich ab und zu schüttelte. Halb im Nebel der tief liegenden Wolken sah man weiter hinten im Außenquartier Malcha die Pais-Sporthalle, daneben, nur erahnbar, das Teddy-Stadion, auf dessen Parkplatz sich neuerdings die Drive-in-Teststationen befanden. Rechts davon, an den Hügel gebaut, die bekannteste Bausünde der Stadt, der in seiner hässlichen Wucht schon wieder eindrückliche Holyland-Komplex, dessen Bewilligung einstmals dank nicht einmal übertrieben üppiger Bestechungsgelder möglich wurde, die dem damaligen Bürgermeister und späteren Premierminister am Ende eine Haftstrafe eingebracht hatten. Die Bauten allerdings waren nicht mehr rückgängig zu machen. Weiter unten im Tal dann, nicht mehr sichtbar von hier, befand sich der biblische Zoo, in dem seit dem Ausbau in den neunziger Jahren auch durchaus unbiblische Tiere wie Papageien und Kängurus lebten.

Kinny zog die Maske aus und atmete tief durch. Seit Langem, fühlte sie, war die Luft Jerusalems nicht mehr so rein gewesen. Der Regen war unvermittelt ziemlich stark geworden und schlug ihr kalt ins Gesicht. Doch das fühlte sich reinigend an: so als würden ihre Gereiztheit, ihre Verkrampfung, ihre Wut und Ohnmacht mit einem Mal weggewaschen. Es würde sich alles lösen, ging es Kinny nun durch den Kopf. Man würde den Mörder der Wacholders finden, sie würde sich mit Mia wieder vertragen, und irgendwann würde man auch wieder wie ein normaler Mensch durch eine normale Stadt normal zur Arbeit gehen können – Letzteres allerdings war am wenigsten gewiss, spürte sie.

Als Kinny heimkam, räumte Mia in der Küche die Tüten des Lieferdienstes vom Supermarkt aus, der inzwischen gekommen war.

»Wo warst du denn?«, fragte Mia. »Die haben es vor

die Tür gestellt. Ich habe die längste Zeit gemeint, du hättest denen geöffnet, als sie geklingelt haben.«

»Ich habe mit Itztrubal einen Spaziergang gemacht, mir ist die Decke auf den Kopf gefallen. Ist ja nicht schlimm, dann stand es eben eine Weile vor der Haustür. Jetzt, wo es so kühl ist, verderben auch die Frischprodukte nicht gleich.«

»Hättest mir was sagen können«, maulte Mia.

»Du hattest dich in deinem Zimmer eingeschlossen. Da stört man nicht gerne.«

Mia seufzte, machte eine abwehrende Handbewegung und setzte ihre Einräumarbeit fort.

»Ich habe mit Rotem gesprochen«, sagte Kinny.

»Okay«, sagte Mia, ohne aufzusehen.

»Sie ist wirklich ziemlich durch den Wind. Ich habe mit ihr vereinbart, dass wir versuchen, regelmäßig zu telefonieren.«

Mia nickte bloß, räumte die letzte Tüte aus, schloss den Kühlschrank und ging an Kinny vorbei aus der Küche.

Draußen wurde es dunkel. Kinnys Mutter rief an und klang unglücklich. Etwas später meldete sich überraschend Golan mit einem Videogespräch, um »vorbeizuschauen«, wie er sagte. Sie wusste nicht, ob es an der Verbindung oder am Licht in seiner Wohnung lag, aber sie fand, dass er bleich wirkte, und erahnte Ringe unter seinen Augen. Zudem sah man ihm an, dass er seit Längerem nicht beim Friseur gewesen war.

Golan hatte von dem Mord an den Wacholders gelesen und wusste, dass sie Kinny nahestanden. Doch als sie begann, etwas ausführlicher über ihre früheren

Beziehungen zu Gil und Ruchama zu sprechen, hörte er kaum mehr zu. Immer wieder schaute er in eine andere Richtung, und als sie verstummte, ging er gar nicht darauf ein. Wieder erzählte er, wie schwierig es für ihn und seine Familie sei, und schimpfte über den amerikanischen Präsidenten, den die Israelis mochten und die New Yorker hassten, obwohl er ein New Yorker und kein Israeli war. Aber vor allem sprach er über sich. Er habe nicht geglaubt, dass er in seinem Leben noch einmal so an seine Grenzen stoßen würde. »Weißt du, in den letzten Tagen habe ich wieder an *Abas* Ausspruch damals gedacht: ›Da hättest du auch hierbleiben können.‹«

Es war der Satz, der Vater und Sohn einander entfremdet hatte.

»Kannst du das nicht als Fortschritt sehen, Golan? Dass du nun selbst im Kampf stehst für deine eigene Familie und nicht mehr in diesem Legitimationsstress bist?«

Er schaute sie an, mit flackerndem Blick, wie es ihr schien, und brummte etwas Undeutliches. Bald darauf beendeten sie das Gespräch.

Golan war genau der eifrige, fromme Sohn gewesen, den sich ihr Vater gewünscht hatte. Lernbegierig, patriotisch, fasziniert sowohl vom Talmud wie auch von allen profanen Fächern, pflichtbewusst und streng religiös. Nach dem Abitur an einem religiösen Gymnasium absolvierte er das *hesder*-Programm für orthodox-zionistische junge Männer, das den Militärdienst mit zwei ausgedehnten, dem Talmudstudium gewidmeten Yeshiva-Aufenthalten verband und fünf statt der damals für den Militärdienst üblichen drei Jahre dauerte. Noch während er auf der Yeshiva lernte, begann Golan, sich mit Mädchen zu treffen, um einen *schidduch* anzubahnen. Wie bei Yeshiva-Schülern auf Brautsuche nicht unüblich, traf er sich zunächst mit Schwestern von Studienkollegen, und tatsächlich verliebte er sich in eine von ihnen. Tamar stammte aus einem religiösen *moschaw* in der Nähe des Gazastreifens und war, wie Kinny fand, eine typische Landpomeranze: etwas derb, mit leicht rostiger Stimme – bestimmt nicht das, was sie sich für ihren Bruder vorgestellt hätte, auch nicht jemand, mit dem sie besonders viel Gesprächsstoff fand. Aber so war es nun mal, sie war seine Wahl und ganz offensichtlich er auch die ihre.

Die Dinge entwickelten sich rasch weiter, und eines Abends vertraute Golan Kinny an, dass er heute um Tamars Hand anhalten werde, und zeigte ihr den Verlobungsring, den er gekauft hatte. Er und Tamar hatten sich in einem Café in Rechavia, dem einst von vielen deutschen Juden bewohnten Viertel nahe dem modernen Stadtzentrum, verabredet, das für seine Salate berühmt war – denn Tamar war auch noch Vegetarierin, was Kinny von Anfang an irritiert hatte. Zu einem bestimmten Zeitpunkt entschuldigte sich Golan bei seiner Freundin und ging auf die Toilette. Bevor er wieder in den Saal ging, stand er noch einen Moment vor dem Spiegel und übte die Geste ein, mit welcher er das Etui mit dem Ring hervorholen würde, um ihr seinen Antrag zu machen. In dem Moment detonierte die Bombe. Die Türe der Toilette wurde von der Druckwelle nur um Zentimeter an ihm vorbeigeschleudert, ihn selbst riss es in eine Ecke, wo er unter Schock, aber unverletzt sitzen blieb. Es war eines der zahllosen Selbstmordattentate der neunziger Jahre. Tamar und fünf andere Besucher des Cafés waren sofort tot, zwei Dutzend weitere verletzt.

Der Verlust und die Schuldgefühle warfen Golan aus der Bahn. Es war undenkbar, dass er wie geplant ein Studium aufnahm, Trost und Sinnsuche, die ihm seine Rabbiner nahezulegen versuchten, lehnte er strikt ab. Tage- und wochenlang lag er in seinem Zimmer und starrte zur Decke, als würde er dort irgendwann eine geheime Schrift entziffern können, die ihm verriete, was nun aus seinem Leben werden sollte. Als eine Jugendfreundin von Jochi, die in New Jersey lebte, ihm anbot, sie und ihre Familie ein paar Wochen lang zu besuchen, um auf andere Gedanken zu kommen, ließ er sich nach langem Zureden überzeugen, die Einladung anzunehmen, und reiste in die USA.

Elizur war gegen diese Idee, denn er sah voraus, was dann auch geschah: Golan kehrte nicht mehr nach Israel zurück. Das widersprach den zionistischen Idealen seines Vaters, der keine Gelegenheit ausließ, ihn daran zu erinnern, was er für Golans Pflicht hielt: ins Land der Väter zurückzukehren und sein gottesfürchtiges Leben wieder aufzunehmen.

Eine Weile nahm Golan das hin oder versuchte es zu ignorieren. Dann ereignete sich der Anschlag auf das World Trade Center, und erneut entkam Golan dem Terror nur knapp. Er arbeitete inzwischen als Fundraiser und hatte einen Geschäftstermin in einem der beiden Zwillingstürme. Er saß auf dem Weg dorthin wenige Stationen entfernt in der Subway, als sich das Attentat ereignete. Elizurs Reaktion auf seine Nachricht an die Eltern, dass er wohlauf sei, war eine SMS.

*Gott sei Dank geht es dir gut. Siehst du, dem Terror entgeht man nicht durch Flucht aus Israel. Du hättest auch hierbleiben können.*

Nichts hatte in beinahe zwanzig Jahren vermocht, den Bruch nach dieser Textnachricht zu kitten. Elizur begriff ebenso wenig, was Golan an dieser SMS verletzte, wie Golan bereit war, die Sache als Ausrutscher zu verzeihen.

Letztlich verstand Kinny nicht genau, warum Golan den Satz seines Vaters nun zitiert hatte. Weil Israel bis jetzt besser dem Virus widerstand als New York? Oder weil er sich Sorgen um die Eltern machte? Kinny hatte ihren Entschluss, Psychologie zu studieren, zu der Zeit gefasst, als ihr Bruder nach Tamars Tod in seine Krise geraten war, und heute verstand sie mehr denn je, dass diese Krise ihr Bedürfnis mit ausgelöst hatte, mehr von der abgrundtiefen Erscheinung Mensch zu verstehen.

Um neun Uhr abends klingelte es an der Tür. Kinny schreckte auf. Die Lebensmittel waren schon geliefert worden, Besuch bekam man in diesen Zeiten nicht. Auch Mia tauchte sogleich mit fragendem Blick in der Tür ihres Zimmers auf, und Kinny zuckte stumm mit den Schultern, bevor sie durch den Türspion blickte. Sie sah, konkav verzerrt, eine männliche Gestalt mit einer Maske vor Mund und Nase. Sie ahnte mehr als dass sie erkannte, wer es war, und gab Mia ein beruhigendes Handzeichen, bevor sie öffnete. Nissim. Sie schaute ihn fragend und etwas sorgenvoll an.

»Darf ich reinkommen?«

»Gemäß den Verfügungen des Gesundheitsministeriums nicht«, rief Mia etwas mürrisch. Kinny trat zur Seite, um den Weg freizumachen.

Nissim trat ein, grüßte kurz zu Mia hinüber.

»Kein Grund zur Sorge, Mia, die Polizei ist schon da.«

Mia schüttelte den Kopf und schloss die Tür ihres Zimmers wieder.

Nissim setzte sich auf seinen Lieblingsplatz in der Sofaecke und zog die Maske aus, Kinny blieb auf Distanz in einem Sessel.

»Hast du schon gegessen?«

Nissim winkte ab. »Ich brauche nichts zu essen. Ich brauche dringend eine Psychologin.«

Kinny kannte den Spruch. Er war charakteristisch für Nissim, der in allem zuverlässig war, aber in ihrem privaten Kontakt sprunghaft, zwischen unbedingtem Bedürfnis nach Nähe und dann wieder plötzlichem Rückzug wechselnd. Einer der Gründe, warum sie kein Paar waren. Der zweite war sie selbst.

»In Viruszeiten«, erklärte sie in etwas gespielter Strenge, »gibt es die Psychologin nur per Video oder mit Glastrennwand. Und schon gar nicht bei ihr zu Hause.«

»Letzteres stimmt schon mal nicht«, meinte Nissim.

»Du bist verrückt, Nissim«, sagte sie halb lächelnd, halb abwehrend. »Ich meine, wir reden hier von einer immensen Ansteckungsgefahr. Meine Eltern werden den Sederabend alleine verbringen, nur um sich nicht anzustecken. Lass uns diese Zeit hinter uns bringen, dann geht das Leben wieder weiter.«

»Bis wir das hinter uns haben, bin ich bereits tot.

Wenn mich die Krankheit nicht umbringt, dann die Einsamkeit.«

Nissim war ebenfalls geschieden, noch länger als sie, und ohne Kinder. Seine Ex-Frau, zu der er keinen Kontakt mehr hatte, lebte in Europa. Kinny wäre ihm gerne mit der Hand über das kurz geschnittene Haar gefahren, das an den Schläfen grau wurde. Aber sie hielt sich zurück. Er hatte ihr auch gefehlt, mehr als sie sich eingestand, obwohl sie ihm wegen der Schabak-Episode vom Vorabend immer noch ein bisschen zürnte. Es wäre schön gewesen, ja es drängte sie danach, sich jetzt neben ihn auf die Couch zu setzen, sich an ihn zu schmiegen und den Kopf auf seine Schulter zu legen.

»Es geht nicht, Nissim«, sagte sie. »Es gibt Dinge, die gehen einfach nicht.«

Er sah sie an, und alles Leichte war aus seinem Gesicht verschwunden. Er wirkte resigniert.

»Ich glaube, die Dinge, die gehen, und die Dinge, die nicht gehen, wirbeln gerade hübsch durcheinander.«

Sie blickte in seine müden braunen Augen. »Die Wacholder-Sache nimmt dich mit.«

»Diese Schabak-Typen spielen sich auf, als wären wir ihre Hilfskräfte. Immer wieder kommen Anrufe: Bitte hier noch eine Laborprobe und dort ein Befund, so rasch als möglich. Aber natürlich keinerlei Rückmeldung, wo sie stehen, was sie wissen. Nach fünfundzwanzig Jahren im Polizeidienst muss mir so was passieren.«

»Ich habe heute mit Rotem gesprochen«, sagte Kinny.

»Wer ist Rotem?«

»Eine Freundin von Mia. Sie arbeitete in Ruchamas Abgeordnetenbüro. Ruchama wollte sie offenbar zur

Bürochefin machen. Der Schabak hat sie heute Morgen befragt.«

»Und? Hat sie dir etwas über die Befragung erzählt?«

»Wenig. Die scheinen sie aber total eingeschüchtert zu haben. Am Ende schien es mir, als wollte sie noch etwas sagen, traute sich aber nicht.«

Nissim kratzte sich am Hinterkopf. »Weißt du, Kinny, ich frage mich, was diese ganze Schabak-Geschichte soll. Ob das Ziel einfach ist, die Polizei und den Chef kaltzustellen, um uns in der Öffentlichkeit wie Idioten dastehen zu lassen, weil es da offene Rechnungen gibt. Oder ob die Gründe tiefer liegen.«

»Was meinst du damit?«

Er schaute sie an, seine Augen verengten sich leicht. »Ich glaube, du weißt, was ich meine.«

»Ich glaube auch, dass ich das weiß, aber ich würde es gern von dir hören. Keine Sorge, alle Wanzen in der Wohnung sind abgeschaltet.«

Ein kaum merkbares Lächeln streifte sein Gesicht.

»Ich meine, dass der Schabak womöglich gerade deshalb mit den Ermittlungen beauftragt wurde, weil damit gerechnet wird, dass die den Mörder nicht finden.«

Kinny starrte vor sich auf den Boden.

»Ja, ich weiß, dass du das meinst«, sagte sie schließlich, »aber ich weiß nicht, ob du dich hier nicht in etwas versteigst. Das würde ja heißen, dass von ganz oben ein Interesse besteht, die wahre Täterschaft zu verschleiern.«

»Klingt abgefahren, das ist mir klar.«

»Ja, und um ehrlich zu sein, nicht besonders professionell, Nissim. Es gab keinen ernsthaften politischen Grund, Ruchama zu töten. Ich meine, wenn du das mit anderen politischen Morden in diesem Land vergleichst: Bei Rabin etwa gab es eine riesige Hetzkampagne, der Schabak war längst informiert, dass Gefahr bestand, und war trotzdem nicht imstande, ihn zu schützen. Aber was hat Ruchama Wacholder schon gemacht? Wie viel Macht hatte sie, wem wäre sie gefährlich geworden, wer hätte sich von ihrem Tod etwas versprochen? Alles in allem war sie eine Hinterbänklerin.«

»Sie hat sich innerhalb der Partei ziemlich weit vorgewagt. Mit dem, was sie über die Demokratie und das Rechtswesen gesagt hat, meine ich.«

»Ja, das dürfte einen internen Rüffel und ein paar erboste Telefonate nach sich gezogen haben. Und die üblichen Hassnachrichten vom harten Kern der Anhänger des Premiers – aber doch nichts Aufsehenerregendes, sonst hätte sie Personenschutz bekommen. Wegen so was wirst du doch nicht umgebracht.«

Sie holte Nissim nun doch etwas zu trinken. Whisky wollte er nicht, weil ihm klar war, dass er die Nacht nicht hier verbringen würde und bald heimfahren müsste, also trank er ein Glas Soda, verbot ihr aber, ihm etwas zu kochen oder aufzuwärmen. Sie stellte ihm einen Teller mit Früchten hin.

»Also ich denke, du bist dabei, dich in etwas verrennen. Aber ein islamistischer Terrorist war's jedenfalls auch nicht«, sagte sie in gespielter Beiläufigkeit. »An dieser Fährte werden sie sich die Zähne ausbeißen.«

»Wie kommst du darauf?«, fragte Nissim überrascht.

»Ich war gestern am Tatort und habe dort mit einem Anwohner gesprochen. Soweit ich verstehe, hat der Mörder ›Allahu Akbar‹ gerufen, aber erst *nachdem* er die beiden erschossen hatte. Das würde doch kein Muslim machen. Er ruft Gott *vor* seiner Tat an oder allenfalls *während* seiner Tat, um sich der göttlichen Unterstützung zu versichern für das, was er nun tut. Aber er ruft es doch nicht im Wegrennen.«

Nachdenklich schob er sich ein Birnenstück in den Mund und kaute bedächtig.

»Du meinst die Zeugenaussage von diesem Wissotzky, nicht?«, meinte er dann.

»Ja, ein Nachbar von Wissotzky hat mir von seinem Bericht erzählt, als ich da war.«

Nissim überlegte eine Weile. »Ich finde das einen ziemlich schwachen Anhaltspunkt, um ehrlich zu sein«, meinte er schließlich. »Erstens wissen wir überhaupt nicht, ob der Täter nicht schon vor der Tat seinen Gott angerufen hat, ohne dass es jemand gehört hat, und mit dem Ruf danach seine Tat nur gewissermaßen abschloss. Zweitens denke ich, man muss schon mehr über den Islamismus wissen als du oder ich, um daraus Schlüsse ziehen zu können. Drittens schließlich: Ein Mensch ist ein Mensch. Es gibt hundert Gründe, warum jemand sich nicht regelkonform verhält. Vor allem, wenn er unter großer Anspannung steht. Aber du bist wohl die Letzte, der ich das erklären muss.«

»Es wäre halt schon auch furchtbar bequem, wenn es ein Islamist war, oder? Der Weg des geringsten Widerstands sozusagen.«

»Das heißt«, meinte Nissim, »du denkst dich in die Psyche der Ermittler ein und nicht in die des Täters.«

»Das entspricht auch eher dem Jobprofil einer Polizeipsychologin«, sagte sie süffisant.

Nissim kratzte sich am Hinterkopf. »Ich verstehe dich nicht, Kinny. Einerseits erzählst du mir, dass das islamistische Motiv nur vorgeschoben wird, andererseits glaubst du nicht, dass es eine politische Abrechnung war. Hast du denn eine eigene These?«

»Nein. Ich denke bloß, es ist wichtig, die Schwächen der möglichen Ansätze zu betonen, damit man sich in ihnen nicht verrennt. Dass es ein Plausibilitätsproblem gibt, heißt noch nicht, dass es auszuschließen ist. Aber das Plausibilitätsproblem muss erkannt sein.«

Nissim seufzte. »So viele Jahre bei der Polizei, und du denkst immer noch quer zu jeder Ermittlerlogik.«

»Ich denke, das ist der einzige Grund, warum ich noch in diesem Laden bin.«

»Und warum hast du das mit diesem ›Allahu Akbar‹ nicht schon gestern Abend bei dem Treffen gesagt? Zumindest dem Polizeichef und mir? Ich meine, es könnte ja wenigstens ein Anhaltspunkt sein.«

»Dem Schabak binde ich das sicher nicht auf die Nase. Und mit dir und dem Polizeichef wollte ich gestern Abend ehrlich gesagt so wenig als möglich zu tun haben. Ich war ziemlich sauer darüber, wie ihr mich dort vorgeschoben habt. Zwei misrachische Chauvis, die sich hinter der aschkenasischen Tussi verstecken.«

Nissim sagte nichts und aß schweigend seine Birne auf. Kinny wusste, dass sie ihn an einer empfindlichen Stelle getroffen hatte. Sonst war es immer er, der die Ethno-Karte zog. Ein marokkanischer Jude, aufgewachsen in einem Wohnblock in der ärmlichen San-Martin-Straße in Gonenim. Eingepfercht zwischen dem Industrieviertel von Talpiot, dem gepflegten Katamon, der lauten und hässlichen Pat-Kreuzung und der Golomb-Straße, die in das Außenquartier Kirjat Jowel führte, wusste er, dass da draußen ein harter Kampf auf ihn wartete. Klar, dort hatten andere Regeln geherrscht und andere Vorstellungen von Männlichkeit als bei der aschkenasischen *katzefet*. Aber wer von hier in den Polizeidienst trat, der diente sich von der Pike hoch, und jeder neue Dienstgrad wurde mit Schweiß und Tränen errungen. Nicht wie bei der feinen Akademikertochter Kinny Glass, die mit fertigem Studium angeklopft hatte und gleich schön oben hatte einsteigen können. Grummelnd zog er einige Minuten später ab und warf ihr, bevor er die Maske wieder anzog, halbherzig einen Handkuss zu.

Sie nickte leicht und hob die Hand, ohne zu lächeln. Während seine müden Schritte sich über die Treppe langsam entfernten, schloss sie die Wohnungstür.

# 7

Am folgenden Morgen hatte Kinny sich gerade den ganzen Körper eingeseift und das Haar schamponiert, als energisch gegen die Badezimmertür gehämmert wurde.

»Jetzt nicht!«, rief sie leicht erbost. Für einmal war Mia früher aufgestanden, und schon ließ sie sie um halb sieben in der Früh nicht mehr in Ruhe duschen? Ihr Vorsatz, sich heute mit Mia ein für allemal zu versöhnen, erlitt einen Dämpfer.

»Telefon für dich«, rief Mia von draußen.

Und wenn schon. »Sag, ich rufe zurück.«

»Nein, es ist wichtig.«

»Ich kann jetzt einfach nicht, basta.«

»*Ima*!«

Fluchend hüllte sich Kinny in ein Tuch und öffnete die Türe einen Spaltbreit. Mia streckte ihr das Telefon entgegen und flüsterte: »Der Polizeipräsident.«

Rief der sie nun schon auf ihr Handy an? Vor sieben Uhr morgens? Sie strich das seifige Haar beiseite und hob den Hörer ans Ohr. »Ja?«

»Kinny«, sagte der Polizeipräsident ohne weitere Begrüßung, »*maseltov*, man hört, Sie sind zur Islamexpertin unserer Polizei geworden.«

»Entschuldigung, ich verstehe nicht, wovon Sie sprechen.«

»Offenbar wissen Sie genauer als wir alle, wann und wie ein Islamist ›Allahu Akbar‹ ruft, und ziehen daraus hochinteressante Schlüsse«, meinte er im Versuch, sarkastisch zu klingen, wozu er aber, wie alle Choleriker, unfähig war.

»Sie meinen mein privates Gespräch gestern Abend mit Nissim Gigi?«

Hatte Nissim nichts anderes zu tun, als spätabends oder frühmorgens dem Polizeipräsidenten brühwarm von seinen Gesprächen mit ihr zu berichten? Und der Chef der Polizei von ganz Israel hatte nichts Besseres zu tun, als sie deswegen anzurufen?

»Kinny«, sagte der Polizeichef, nun ernst, aber ziemlich ruhig, »ich muss Sie bitten, jede Form von eigenen Ermittlungen sofort einzustellen. Das ist definitiv nicht Ihr Job.«

»Aber ich habe nicht ermittelt, sondern bloß einen Anwohner ...«

»Kinny«, unterbrach er sie mit verschwörerischem Ton, »es ist eine Bombe im Zimmer.«

Sie setzte sich auf den Rand ihrer Badewanne. »Eine Bombe«, wiederholte sie tonlos.

»Bringen Sie sie nicht zum Explodieren!«

»Und wenn ich mit Polizeimajor Gigi bespreche, was irgendwelche Anwohner über die Mordnacht erzählen, explodiert diese Bombe? Das ist es, was Sie sagen wollen? Ich meine, hier geht es um eine harmlose ...«

»Um etwas Harmloses geht es schon mal sicher nicht, okay?«, schrie er nun plötzlich doch los.

Sie zog es vor, darauf nicht zu antworten. Mit schreienden Menschen kannte sie sich aus.

»Also, haben wir uns verstanden?«

»Das Haus wird nicht wegen mir in die Luft gehen«, gelobte sie.

»In Ordnung, Kinny, ich verlasse mich auf Sie.« Grußlos, wie er das Gespräch begonnen hatte, beendete er es auch.

Sie verstand nichts. Wie war sie nur in eine Situation geraten, in der sie frühmorgens alarmierte Anrufe vom Polizeichef bekam? Warum waren irgendwelche Bemerkungen, die sie Nissim gegenüber bei sich zu Hause machte, danach Gesprächsstoff zwischen ihm und dem Polizeichef, mit dem er offenbar in Dauerkontakt stand?

Einen Moment lang erwog sie, eine Textnachricht an Nissim zu schicken, dann ließ sie es bleiben. Sie wollte warten, bis er sich meldete. Das war besser, als im Affekt wütende Nachrichten durch die Welt zu jagen.

Die Versöhnung mit Mia ging immerhin leichter vonstatten, als Kinny gedacht hatte. Schließlich wusste Mia, dass sie die nächsten paar Wochen in einer Art Hausarrest mit ihrer Mutter verbringen würde, denn alleine in ihrer Bude in Haifa zu hocken, war auch keine Option. Die Aussicht, diese Zeit in einer Stimmung dauernder Gereiztheit zu verbringen, war ihnen beiden ein Gräuel. Sie hatten eine längere Aussprache. Mia erklärte ihr, dass sie das Problem der *protekzia* sehr wohl durchschaue. Das Schlimmste sei, dass jeder sich sage, wenn er selbst nicht profitierte, würde ein anderer es an seiner Stelle tun.

»Weißt du«, sagte Kinny und legte sachte ihre Hand auf die der Tochter, »das Übelste ist, dass Leute wie du, die so hart arbeiten und Begeisterung für das Fach mitbringen, überhaupt so strampeln müssen und am Ende solcherart Unterstützung brauchen.«

Sie hatten beide einiges an Arbeit zu erledigen, und Kinny schlug vor, sich am Abend füreinander Zeit zu nehmen.

»Bis dann dein Telefon wieder läutet«, spöttelte Mia.

»Heute nicht. Ich schalte es ab. Ehrenwort. Ich habe auch keinen Notdienst.«

»Hattest du gestern und vorgestern auch nicht. Wir werden sehen ...«, meinte Mia. Doch dabei machte sie Kinnys Lieblingsgesicht, ein angedeutetes verschmitztes Lächeln, und Kinny wusste, dass zwischen ihnen wieder Frieden herrschte.

Kinny dröhnte der Kopf, nachdem sie sich stundenlang den Dossiers der Beförderungs-Bewerbungen gewidmet hatte. Manche der Bewerber, deren Vorgeschichte sie kannte, schieden von vorneherein aus, und es wunderte sie, dass sie überhaupt vorgeschlagen worden waren – aber auch hier wusste man nie, welche Motive dahintersteckten. Andere Namen, die sie erwartet hatte, standen nicht auf der Liste. Aber so war es jedes Mal, wenn die Beförderungen fällig waren. Natürlich wusste sie auch, wie politisch diese Angelegenheit war. Die Polizei von Jerusalem war darum bemüht, ihren arabischen Mitarbeitern zu zeigen, dass sie willkommen waren und Aufstiegschancen besaßen – es gab einen ungeschriebenen Konsens, dass eine bestimmte Anzahl von Beförderungen arabischer Kandidaten nicht unterschritten werden durfte.

Nissim meldete sich den ganzen Tag über nicht. Irgendetwas wurde hier geköchelt, wovon sie nichts wusste. Nissim wäre gestern Abend am liebsten zu ihr ins Bett gekrochen, allen *seger*-Verfügungen zum Trotz, aber die Courage, mit offenen Karten zu spielen, hatte er nicht. Die monotone Arbeit an den unzähligen Dossiers war geradezu eine Therapie, mit der sie sich vom Grübeln und von ihrem unbändigen Zorn ablenkte.

Gegen acht Uhr klappte sie den Laptop zu und backte gefrorene *pitot* auf, bereitete etwas Hummus, Thunfischsalat und die obligaten Tomaten und Gurken vor. Sie klopfte bei Mia, und sie setzten sich gemeinsam an den Tisch – so förmlich, dass sie beide losprusteten, als sich ihre Blicke trafen.

Lange sprachen sie über Kinnys Eltern. Mia machte sich Vorwürfe, dass sie die Großeltern nicht öfter anrief, aber auf Kinnys Vorschlag, es vielleicht gerade jetzt zu tun, ging sie nicht ein. Sie hatte schlechte Erinnerungen an die Zeit, als sie während der Scheidung bei ihnen gelebt hatte, woran die Großeltern eine Mitschuld trugen. Sie hatten es nie verwunden, dass ihre beiden Kinder nicht mehr religiös lebten, und besonders Elizur bedrängte die Enkelin mit Belehrungen über die Pflicht zu Segenssprüchen, züchtiger Kleidung und anderen Symbolen des religiösen Lebens.

Auch über Golan sprachen Mia und Kinny. Mia hatte ihn vor einigen Jahren einmal in New York besucht und war erstaunt gewesen, dass Golans Kinder kaum ein Wort Ivrit sprachen. Es hatte sie verblüfft, dass Identitäten, die für die eine Generation lebensbestimmend waren, für die nachfolgende schon kaum mehr Bedeutung haben konnten.

»Ich weiß«, seufzte Kinny. »Dein Großvater wurde hier geboren, kurz nachdem seine Eltern in weiser Voraussicht aus Böhmen hierhergekommen waren, wenige Wochen vor dem deutschen Einmarsch in Prag. Seine feste Überzeugung war, dass von nun an seine Nachkommen bis in alle Ewigkeit stramme Israelis und gute Juden sein würden. Für ihn ist das der einzige Ort, wo wir hingehören und eine Zukunft haben. Und nun hat er Enkel, die er kaum je gesehen hat, mit denen er Englisch sprechen muss, damit sie ihn verstehen, und die aus halachischer Sicht nicht mal Juden sind.«

»Sag mal«, wechselte Mia das Thema, »hat Nissim eigentlich die Nacht hier verbracht? Ich meine, dein Privatleben geht mich eigentlich nichts an, aber …«

»Keine Sorge, wir sind auf *social distance* geblieben«, sagte Kinny. »Nach einer Stunde ist er brav wieder gegangen.«

»Ist eine Scheißzeit«, meinte Mia mitfühlend.

»Ja, eine Scheißzeit«, pflichtete Kinny bei, »und dazu haben wir noch einen Scheißdoppelmord aufzuklären, den der Scheißschabak uns unter der Nase weggezogen hat.«

»Die waren bei Rotem«, sagte Mia. »Aber das hat sie dir wohl auch erzählt.«

»Allerdings. Irgendwie hatte ich das Gefühl, dass ihr dieser Besuch sehr schlecht bekommen ist. Hat sie dir mehr darüber gesagt?«

»Nein. Aber dasselbe Gefühl hatte ich auch.«

Sie unterhielten sich noch eine Weile über Rotem, die immer selbstbewusst erklärt hatte, ein Mann komme ihr frühestens mit dreißig in die eigenen vier Wände, und die nun keine Schulter hatte, an die sie sich lehnen konnte, da ihre Eltern in Nigeria saßen, wo ihr Vater Interessensvertreter verschiedener israelischer Firmen war, während ihre älteren Geschwister mit eigenen Ehe- und Familienproblemen kämpften. Mia hielt es für unwahrscheinlich, dass Rotem von Kinnys Angebot Gebrauch machen würde, selbst anzurufen, sodass Kinny beschloss, es am folgenden Tag ihrerseits zu tun.

Gegen zehn Uhr erklärte Mia, sie wolle nochmals zwei Stunden arbeiten, und bedankte sich überschwänglich für das Essen – als sei es nicht das Frugalste gewesen, was man sich unter einem Abendessen vorstellen konnte. Sie räumten ab, und während Kinny ihrer Tochter einen flüchtigen Kuss auf die Wange hauchte, war sie sich im Klaren darüber, dass solche unbeschwerten Momente auch in Zukunft nur möglich sein würden, wenn sie eine Reihe von Themen konsequent vermieden.

Als sie die Zehn-Uhr-Nachrichten von *Reschet Bet* einschaltete, wurde Kinny manches klarer. Der Schabak hatte in der Stadt Nablus in der Westbank einen Palästinenser festgenommen, der im Verdacht stand, das Ehepaar Wacholder umgebracht zu haben, und einen weiteren, den man der Beihilfe zum Mord bezichtigte. Die Namen wurden, wie in diesem Stadium üblich, nicht bekanntgegeben, es handle sich aber, wie es hieß, um Anhänger der Hamas, die im Gazastreifen die Macht besaß, in der Westbank aber von der Fatah in Schach gehalten wurde.

Kinny war lange genug bei der Polizei, um zu wissen, dass eine Verhaftung schon etwas ganz anderes war als das Verbreiten irgendwelcher Vermutungen. Eine

Verhaftung nahm man nicht vor, wenn es nicht überzeugende Anhaltspunkte dafür gab, und bei Lichte betrachtet waren hochspezialisierte Schabak-Agenten der Polizei natürlich haushoch überlegen, was islamistische Verhaltensweisen, vor allem aber die Situation in den Palästinensergebieten betraf. Sie hätten laut aufgelacht, wenn die Polizeipsychologin Kinny Glass ihnen ihre Theorie dazu erklärt hätte, wann jemand »Allahu Akbar« rief und wann nicht und welche Schlüsse man daraus für die Bedeutung des Mords ziehen könnte. Womöglich hatte der Anruf des Polizeipräsidenten am Morgen den Zweck gehabt, Kinny und die Polizei davor zu schützen, sich der Lächerlichkeit preiszugeben. Vielleicht war die »Bombe im Zimmer« ein riesiger Glaubwürdigkeitsverlust, den die verqueren Ideen einer neunmalklugen Jerusalemer Mitarbeiterin aus der dritten oder vierten Reihe dem gesamten Korps hätten bescheren können. Am Ende jedenfalls war die Entscheidung »von ganz oben«, dem Schabak die Ermittlungen zu überlassen, zwar skandalös, aber offensichtlich dennoch richtig gewesen. Man konnte es nur zähneknirschend zur Kenntnis nehmen, zumal wenn man den Leuten an der Spitze des Staates nicht wirklich traute. Als Freundin der Wacholders konnte sie immerhin dankbar sein, dass die Ermittlungen zu einem Erfolg geführt hatten.

Für einen Moment überlegte sie, ob sie bei Mia anklopfen und ihr die Neuigkeiten mitteilen sollte, ließ es aber dann bleiben. Womöglich sah Mia sich vor dem Schlafengehen nochmals eine Nachrichtenseite an, dann wäre sie ohnehin im Bilde. Sich mit Ariel darüber auszutauschen, hätte vielleicht nahegelegen, aber sie hatte nicht die geringste Lust auf ein Gespräch mit ihm.

Entschlossen, ihren Computer heute Abend nicht mehr zu benützen, setzte sich Kinny mit dem Hannah-Arendt-Buch in ihren Sessel und versuchte sich auf die Lektüre zu konzentrieren. Nach einigen Minuten Anlaufzeit war sie im Text drin. Einen Teil hatte sie früher schon einmal gelesen und, wie sie überrascht feststellte, sogar Notizen an die Seitenränder geschrieben. Diesen Teil überflog sie, vor allem anhand der Notizen, um wieder in die Argumentation hineinzufinden. Als sie gerade begann, sich in die Vorgänge um den Dreyfus-Prozess zu vertiefen, vibrierte ihr Telefon. Sie war überrascht, dass es schon wieder Golan war, wieder mit einem Videoanruf.

»Musst du gerade einen Videoanruf machen, wenn ich todmüde aus der Wäsche glotze?«, fragte sie mit etwas erzwungener Heiterkeit. Er selbst sah nicht besser aus als gestern.

»Fiona hat heute frei und beschäftigt sich mit den Kindern. Da habe ich mal etwas Ruhe, um zu telefonieren. Um etwas für mich zu tun, fehlt mir sowieso die Konzentrationsfähigkeit.«

»Ich habe es grade versucht. Mit einem Buch.«

»Dann habe ich dich gestört.«

»Nein, im Gegenteil. Ich freu mich, dass du anrufst.«

»Ich habe gesehen, dass sie zwei Typen verhaftet haben. Wegen des Mords.«

»Ja, ging ziemlich schnell.«

»Aber ich verstehe immer noch nicht, warum irgendwelche Islamisten ausgerechnet diese Wacholders umbringen. Und warum gerade jetzt?«

Kinny wunderte sich, dass sie selbst sich mit dieser Frage, die schon am Morgen nach dem Mord der Moderator auf *Reschet Bet* der Redakteurin für Polizeifragen gestellt hatte, überhaupt noch nicht beschäftigt hatte. Warum Ruchama? Ja, sie stand politisch rechts, aber die Feinabstimmung politischer Positionen unter den ›Zionisten‹ schien für die Hamas bedeutungslos zu sein. Ruchama saß nicht im Zentrum der Macht, und um an sie zu gelangen, musste man sich kilometerweit ins jüdische Kerngebiet Jerusalems hineinbegeben. Aber vielleicht reichte denen auch, dass sie eine prominente Politikerin war, deren Tod jedenfalls einen Schockzustand auslösen würde. Womöglich hatte irgendein Sympathisant sie über Wochen beobachtet, sodass sie wussten, dass sie unbewacht und mitten im *seger* regelmäßig spätabends unterwegs war.

»Im Moment gibt es halt keine Massenveranstaltungen oder Cafés, wo du gleich ein paar Dutzend Leute treffen kannst, da setzt du beim Terror andere Prioritäten«, sagte sie schließlich. »Gerade wenn alle nur noch von diesem Virus reden, bekommen diese Leute von der Hamas vielleicht Angst, dass keiner mehr an sie denkt.«

»Weißt du, Kinny, ich halte das nicht mehr aus. Wirklich, ich habe das Gefühl, wir erleben das Ende der Welt. Sinnloses Leben, sinnloses Sterben.«

Kinny realisierte erst jetzt, dass sie mit der Andeutung von Attentaten in Cafés gerade die Szenerie von Tamars Tod aufgerufen hatte, und tatsächlich erinnerte sie sein jetziger Zustand beinahe an seine damalige Starre. Sie biss sich instinktiv auf die Lippen. Sie schwiegen beide und schauten auf den Bildschirm, haarscharf aneinander vorbei.

»Golan«, sagte sie schließlich. »Wenn du mir jetzt sagen würdest, ich solle dir Mut machen, was würdest du erwarten, das ich täte?«

Er schaute unsicher, und kurz blieb sein Bild verwischt stehen, was an einer Störung in der Leitung liegen musste, aber Kinny plötzlich wie ein Symbol der Situation erschien. Auch seine Antwort wurde halb verschluckt, sie verstand aber immerhin noch »… dass dieses Virus sich bis morgen verzogen hat.«

»Nein, ich meine etwas Realistisches«, sagte Kinny bestimmt. »Womit kann ich dir Mut machen?«

»Lassen wir doch diese blöden Psychospielchen. Ich habe das Gefühl, was immer ich im Leben mache, wo immer ich hingehe, wie ich auch lebe, am Ende muss ich mir sagen, dass alles falsch war.«

»Wieso, was hast du jetzt falsch gemacht? Ich meine, das Virus ist nicht deine Privatangelegenheit. Die ganze Welt steht still.«

Der Internetanruf wurde unterbrochen, weil ein Inlandanruf hereinkam. Nissim. Sie drückte ihn ohne Zögern weg und versuchte nochmals die Nummer von Golan zu wählen, ein, zwei, drei Mal, doch sie kam nicht durch. Schließlich schickte sie ihm eine Textnachricht mit guten Wünschen. Sie blieb unbeantwortet.

Kinny blickte vor sich hin. Golan machte ihr Sorgen, aber Sorgen machte ihr auch ihr Land. Noch hielten die meisten Menschen still, die ihre Arbeit verloren, doch die Partei des korrupten und betrügerischen Premierministers legte in den Umfragen mächtig zu. Zum ersten Mal wurde ihr klar, dass, was immer dieser Mann machen würde, sie gar kein Mittel mehr sah, ihn zu bändigen. Zu viele schienen bereits seinem Wertesystem verfallen, das darin bestand, entweder ihn zu wählen oder mit ihm unterzugehen.

Immerhin schien man im Fall Wacholder einer Lösung näher, auch wenn Genaueres darüber noch nicht bekannt war, und ihre Angst, der Schabak sei mit der Ermittlung beauftragt worden, um die Sache gezielt zu verschleppen oder die Polizei abzustrafen, hatte sich anscheinend nicht bewahrheitet.

Sie seufzte, setzte ihre Lesebrille auf und machte sich wieder an die Lektüre. Sie las Arendts Analyse über Frankreich während der Dreyfus-Affäre, jenes antisemitischen Komplotts in der französischen Armee am Ende des 19. Jahrhunderts, mit wachsendem Erschrecken. »Was damals durchaus schon offenbar war und was die Historiker dennoch nicht sahen, war, dass der Mob nicht nur der Abfall der Gesellschaft, sondern auch ihr Produkt ist, direkt von ihr erzeugt und daher nie ganz von ihr zu trennen.« Kinny las noch die letzten Sätze des Absatzes, dann griff sie zu den Stiften auf ihrem Pult und zog einen dicken Strich neben diese Passage, nicht mit Bleistift diesmal, sondern in leuchtendem Rot.

Diese Sätze passten genau zum Israel der Gegenwart. Sie wusste, dass diese Erkenntnis sie deswegen so mitnahm, weil sie dieses Land liebte. Nicht in der verknöchert ideologischen Weise wie ihr Vater, nicht in der schwärmerischen Beziehung zu seiner Landschaft wie ihre Mutter. Ihre Liebe galt den Menschen, die hier lebten: all jenen, die sie täglich nervten, sich im Straßenverkehr rücksichtslos vordrängelten, unmöglichen Politikern auf den Leim gingen und ihre Emotionen nicht unter Kontrolle hatten.

Sie brauchte, um sich dessen vollends klarzuwerden, nur an ihre zwei Jahre in Tübingen zurückzudenken, wo sie mitten im Semester wegen einer Lungenentzündung drei Wochen gefehlt hatte. Während aus Israel täglich ehemalige Kameradinnen aus der Schule und der Armee anriefen, die irgendwie von ihrer Krankheit erfahren hatten, ließ sich von den deutschen Kommilitonen nie jemand blicken oder vernehmen. Eingeladen wurde sie in der gesamten Zeit ein einziges Mal, zu den Eltern ihres Studienfreunds Helmut (der für kurze Zeit auch etwas mehr als ihr Studienfreund war), und ihnen sollte sie dann den ganzen Abend erklären, wie die Juden, die doch weiß Gott genug gelitten hätten, nun ihrerseits … Nein, sie gehörte hierher, und ihre Wut auf alles, was schieflief, bestärkte sie darin nur.

# 8

Benommen drehte Kinny den Kopf mehrmals hin und her, bevor sie gewahr wurde, dass es ihr Telefon war, was auf dem Nachttisch surrte und in der Dunkelheit leuchtete. Es dauerte ein paar weitere Sekunden, bis sie scharf genug sah, um den Namen des Anrufers auf dem Display zu erkennen.

»*Aba*?«

Seine Stimme klang heiser vor Aufregung, und er nuschelte, wohl weil er seine dritten Zähne nicht trug.

»*Ima* ist im Krankenhaus.«

»Was? Was ist los?«

»Hast du nicht gemerkt, wie sie am Telefon gehüstelt hat in den letzten zwei Tagen? Und heute Abend hatte sie Fieber und überall Schmerzen.«

Kinny saß nun kerzengerade im Bett. Nein, sie hatte die Stimme der Mutter zwar erschöpft und traurig gefunden, aber das Hüsteln hatte sie nicht bemerkt.

»Du meinst, sie hat …«

»Ich weiß nicht, was sie hat. Ich habe bei Magen David Adom angerufen, die haben sie ins Poriah gebracht.«

»O Gott.«

»Es tut mir leid, dass ich dich geweckt habe, Kinny. Du kannst ja jetzt gar nichts machen. Besuchen darf man sie nicht. Aber ich musste es dir sagen. Allein fühlt man sich so hilflos. Ich habe furchtbare Angst.«

»Aber natürlich, *Aba*. Du musstest mich anrufen.«

Sie sprachen noch einige Minuten, und Kinny versuchte, ihren Vater einigermaßen zu beruhigen, obwohl sie selbst nun sehr nervös war.

»Ich lege jetzt auf«, meinte ihr Vater schließlich, »für den Fall, dass das Krankenhaus versucht mich zu erreichen.«

»In Ordnung. Ruf mich an, wann immer du willst oder wenn du etwas Neues weißt, ja?«

»Klar. Und, bitte, Kinny, sag es auch Golan, ja?«

Sie wollte noch antworten, doch etwas schnürte ihr die Kehle zu, und dann ertönte das Besetztzeichen aus dem Telefon. Es war das Schlimmstmögliche eingetreten.

Kinny stand auf. Es war kalt im Zimmer, sie schlüpfte in die plumpen dunkelgrünen Crocs, die unter dem Bett standen, und zog ihren Morgenmantel an. Sie setzte sich an den Esszimmertisch und stützte das Gesicht in beide Hände, sodass nur ein Spalt blieb, durch den sie unentwegt auf die Tischplatte starrte. Sie konnte sich nicht erinnern, dass ihre Mutter je krank gewesen war. Nur einmal, nach einer schmerzhaften Weisheitszahnoperation, hatte sie mit geschwollener Backe ein oder zwei Tage lang das Bett gehütet. Und nun das. Hinzu kam, dass ihr Vater allein in der Wohnung in Tiberias saß. Sie sorgte sich um beide.

Unter gewöhnlichen Umständen wäre sie sofort ins Auto gestiegen und in den Norden gefahren, und sie dachte daran, es auch jetzt zu tun, um wenigstens ihrem Vater beizustehen. Aber damit hätte sie ihm zusätzlich die Angst zugemutet, sich bei ihr oder sie selbst anzustecken.

Sie malte sich die schrecklichsten Bilder aus. Würde ihre Mutter intubiert und ins Koma versetzt werden? Die Chancen, das zu überstehen, standen schlecht. Würde sie unter Langzeitfolgen leiden? Oder würde sie schlicht und einfach – sterben? Kinny kannte alle Strategien, um Panik zu verhindern, aber nur bei anderen Menschen. Schließlich griff sie nach ihrem Telefon und rief Golan an, wie sie es ihrem Vater versprochen hatte.

Nach mehrmaligem Klingeln nahm Golan ab, mit ziemlich vergnügter Stimme. »Jetzt darfst du mir ausnahmsweise mal gratulieren. Während alles zu Hause sitzt und vor Sorge umkommt, habe ich es mit drei Telefonanrufen geschafft, fünfzehn Millionen Dollar für einen Kunden einzuwerben. Weißt du, was das bedeutet?«

»*Ima* ist im Krankenhaus.«

Golan schwieg einen Moment, man konnte förmlich hören, wie sich ein Schalter in seinem Hirn umlegte.

»Wie, im Krankenhaus?«

Kinny erzählte ihm vom Anruf des Vaters und dass er sie gebeten hatte, Golan zu informieren.

»Selber konnte er mich nicht anrufen, um mir das zu sagen?«

»Golan, das spielt doch jetzt keine Rolle. *Aba* ist vollkommen durch den Wind.«

»Nicht genug durch den Wind, um zu wissen, wen er anruft und wen nicht.«

»Ist das jetzt ernsthaft dein größtes Problem, Golan?«

»Jedenfalls ist es ein Problem, wenn du erkennst, dass du endgültig das verstoßene Kind bist. Dazu hat er *Ima* noch in dieses beschissene Tiberias geschleppt, ans Ende der Welt.«

»Sie wollten beide dort sein. Und medizinische Versorgung gibt es dort schließlich auch.« Sie merkte, dass sie die Antworten ihrer Eltern herunterbetete, die sie ihr selbst gegeben hatten, als sie sie vor Wochen gedrängt hatte, nach Jerusalem zurückzukommen.

»Meinst du, ich lese keine israelischen Nachrichtenseiten? Tiberias ist ein Hotspot. Noch dazu sind sie weit weg von dir.«

»Es ist ja noch gar nicht klar, dass *Ima* sich das Virus eingefangen hat.«

»Na, dann wird das spätestens im Krankenhaus geschehen. Wieso schickt er sie einfach ins Krankenhaus? Ich habe gehört, es gibt Testteams, die zu einem nach Hause kommen.«

»Sie ist krank, Golan. Krank! Da gehört man nun mal ins Krankenhaus.«

»Klar, du wirst *Aba* immer in Schutz nehmen.«

»Darum geht es doch gar nicht. Manchmal ist es echt eine Strafe, deine Schwester zu sein.«

»Wie bitte? Wie redest du denn mit mir?«

»So, wie du es verdienst. Wie ich schon lange mal mit dir hätte reden müssen.«

Kinny legte auf. Zwei- oder dreimal versuchte er noch, sie zurückzurufen, dann gab er es auf. Aufgebracht lief sie im Salon hin und her. Sie wusste nicht, welche Reaktion sie von ihm erwartet hatte. Golan kam über nichts hinweg, holte sich keine Hilfe, und sie konnte ihm auch nicht helfen. Sie war krank vor Sorge um die Mutter, wusste um die Hilflosigkeit des Vaters, und ihr Bruder schloss sich immer mehr im Käfig seines Zorns auf die ungerechte Welt ein.

Sie ging an die Hausbar, obwohl sie sich geschworen hatte, diese während des *seger* nicht anzurühren, und nahm die halb volle Flasche Himbeergeist heraus, die ihr Helmut bei seinem Israelbesuch vor einem Jahr aus dem Frankfurter Duty-free mitgebracht hatte. Mit einem Gläschen setzte sie sich vor ihren Computer und öffnete die Akten der Beförderungsvorschläge. Arbeiten war schon immer das gewesen, was ihr geholfen hatte, mit schwierigen Situationen zurechtzukommen, und ihre Beurteilungen mussten in wenigen Tagen beim Präsidium sein.

Die nächste Akte betraf eine gewisse Tzipora Dolev. Kinny stutzte. Die Anträge waren nicht mit Fotos versehen, aber sie fand im Intranet der Polizei rasch ein Bild, das ihre Vermutung bestätigte: Es handelte sich um die junge Polizistin, die ihr beigesprungen war, als sie den Anwohner der Straße des 29. November befragt hatte. Ein netter Zufall, dachte Kinny und lächelte in sich hinein, bevor sie sich in die Akte vertiefte und abermals stutzte. Der Beförderungsvorschlag war nicht von Tzippis Vorgesetztem unterzeichnet, sondern von drei Kolleginnen auf derselben Hierarchiestufe. Diese Möglichkeit gab es, sie sollte Beamten zugutekommen, die aus irgendwelchen Gründen kaum Chancen sahen, von ihren Vorgesetzten berücksichtigt zu werden, aber zeigen konnten, dass sie ausreichend Rückhalt in ihrem Team besaßen, um zu einer Beförderung vorgeschlagen zu werden. Solche Vorschläge waren jedoch äußerst selten, Kinny konnte sich überhaupt nur an einen oder zwei Fälle aus ihrer ganzen Karriere erinnern. Die Gründe dafür waren erstens, dass jede Beförderung aus einer

Einheit die Chancen der anderen Kollegen für die Zukunft einzuschränken drohte, weshalb es sehr schwierig war, diese für einen solchen Vorschlag zu mobilisieren. Zweitens fürchteten die vorschlagenden Kollegen in der Regel, dass es ihnen früher oder später schaden würde, den Vorgesetzten übergangen zu haben – obwohl ihre Namen geheim gehalten wurden, der Vorgesetzte also normalerweise nur davon erfuhr, wenn die Beförderung bewilligt wurde. Insofern zeugte dieser Vorschlag für die Gefreite Dolev, in den Unteroffiziersrang befördert zu werden, von ihrem Ansehen unter den anderen Polizistinnen, ließ aber einen schalen Nebengeschmack aufkommen, was das Verhältnis zu ihrem Vorgesetzten betraf. Kinny klickte sich in die Hierarchielinie von Tzippis Einheit und druckte sie aus, ebenso wie Tzippis dienstliche Telefonnummer.

Als sie sich, plötzlich zu Tode erschöpft und leicht benommen von den zwei Gläschen Himbeergeist, gegen fünf Uhr morgens wieder ins Bett legte, überlegte sie kurz, ob sie im Krankenhaus Poriah anrufen oder ihrem Vater noch eine Textnachricht schicken sollte. Doch wahrscheinlich hatte er jetzt, um für das Krankenhaus erreichbar sein, sein Telefon laut gestellt, und falls er doch etwas Schlaf gefunden hatte, wollte sie ihn nicht wecken.

»Warum nimmst du nicht ab, wenn ich dich anrufe, und rufst auch nicht zurück?«

»Frag mich lieber, warum ich jetzt abgenommen habe. Du hast mich geweckt.«

»Geweckt? Um halb acht? Hast du den Virus-Koller?«

»Hör zu, Nissim, ich habe kaum geschlafen. Mein Vater hat mitten in der Nacht angerufen. *Ima* wurde in Tiberias ins Krankenhaus gebracht.«

»Oh, das tut mir leid. Was hat sie denn?«

»Unklar. Fieber, Hüsteln.«

»Klingt nicht gut.«

»Nein, klingt nicht gut. Ehrlich gesagt habe ich jetzt gar nicht aufs Display geschaut und gedacht, es sei mein Vater, der anruft.«

»Alles klar, ich gebe die Leitung frei. Bitte halt mich auf dem Laufenden, wie es deiner Mutter geht.«

»Aber wenn du schon dran bist«, meinte Kinny, »sage ich dir gern, warum ich deinen Anruf gestern abgelehnt habe. Wenn du es nicht sowieso weißt.«

»Keine Ahnung, Kinny – echt keine Ahnung, was ich jetzt wieder falsch gemacht haben soll.«

»Ach, nein? Und warum hat mich gestern früh, noch eine halbe Stunde früher als du jetzt, der Polizeipräsident angerufen und zusammengestaucht? Weil ich irgendwelchen Unsinn über die Praktiken von Islamisten erzähle und wann genau sie ›Allahu Akbar‹ rufen? Wem habe ich das erzählt außer dem ehrenwerten Major Gigi?«

»Das glaub ich jetzt nicht!«, sagte Nissim. »Dem sitzt das Herz in der Kniekehle. Dabei hatte ich ihm nur erzählt, dass ich deine Beobachtung über den Täter, der angeblich erst nach der Tat Gottes Größe verkündet hat, einfach spannend finde. Er ist ja noch nicht mal zuständig.«

»Das ist übergriffig, Nissim. Dass du private Gespräche weitererzählst.«

»Ich erzähle überhaupt nie Privates weiter. Es war eine Beobachtung zu einem Mordfall. Ich konnte nicht wissen ...«

Plötzlich kam es ihr kindisch vor, sich zu streiten. Nicht weil sie seinen Standpunkt teilte, sondern weil es ihr Energie entzog, die sie gerade woanders besser verwenden konnte.

»Na ja, lass gut sein. Nachdem der Schabak diese Typen gestern festgenommen hat, ist mir natürlich alles etwas klarer geworden. Der Polizeipräsident hat schon am Telefon gemeint, es sei eine Bombe im Zimmer. Aber verstanden habe ich das erst hinterher, als die Meldung über die Festnahme kam.«

»Ich fürchte, du hast gar nichts verstanden, Kinny.«

Bevor sie antworten konnte, klopfte ein anderer Anrufer an. Auf dem Display erschien das Wort *Aba*. Sie bat Nissim, sie später nochmals anzurufen, wenn er Zeit hätte, und nahm den Anruf ihres Vaters an. Mit der Mutter hatte er nicht sprechen können, aber mit einer Ärztin. Sie hatten sie auf das Virus getestet und warteten auf das Resultat. Man könne jedenfalls sagen, dass die Mutter eine Lungenentzündung habe. Ihr Zustand sei aber stabil. Die Ärztin habe versprochen, sich im Laufe des Tages nochmals zu melden.

»Und wie geht es dir? Hast du noch schlafen können? Kannst du dir was kochen?«

»Mir geht es soweit gut. Appetit habe ich sowieso keinen.«

»Du musst essen, *Aba*. Nicht dass *Ima* dich abgemagert vorfindet, wenn sie wieder heimkommt. Soll ich nicht einfach kommen und nach dir schauen?«

»Damit wir am Ende alle im Krankenhaus liegen? Ich bin kein kleines Kind, Kinny. Und ein Tattergreis bin ich auch noch nicht. Ich weiß nur nicht, was das heißen soll, was diese Ärztin sagt. Es klingt überhaupt nicht gut.«

»*Ima* ist jetzt versorgt. Zum Glück hast du heute Nacht gleich den Krankenwagen gerufen.«

»Was heißt schon versorgt? Weißt du, was dieses Virus macht?«

»Wir können jetzt nicht mehr tun, nur hoffen und den Ärzten vertrauen.«

»Kinny.«

»Ja?«

»Dürfte ich bitten, für *Ima* Tehillim zu sagen?«

Sie spürte, wie ihr bei dieser Bitte ihres Vaters die Tränen in die Augen schossen. Tehillim zu sagen, Psalmen zu beten, das war die traditionelle Art frommer Juden, für Kranke zu beten. Sie fühlte sich wie die letzte Reserve, die ihr Vater aufrief, um in seiner Verzweiflung Gott gnädig zu stimmen.

»Ja, Aba«, presste sie hervor, im Versuch, ihm zu verbergen, wie ihr zumute war. »Natürlich werde ich für *Ima* Tehillim sagen.«

»Danke«, sagte er leise. »Und Golan? Hast du ihn erreicht?«

»Ja, ich habe ihn erreicht. Vielleicht wäre es gut, wenn du ihn selbst anrufen würdest. Nicht gleich, jetzt ist es ja Nacht dort drüben, aber am Nachmittag.«

»Und warum hat er mich nicht angerufen?«

Kinny atmete durch. »Ihr seid echt beide gleich stur. Es ist doch jetzt der Moment, um sich endlich zu versöhnen.«

»An mir ist es nie gescheitert. Meine Arme sind immer offen.«

»Das reicht nicht, *Aba*. Offene Arme reichen nicht, du musst auf ihn zugehen. Bitte!«

»Ich muss es mir überlegen.«

»Was ist denn los?«, fragte Mias Stimme hinter ihr, als sie das Telefon auf den Tisch legte.

»*Savta* liegt im Krankenhaus. Lungenentzündung. Oder so was Ähnliches.«

»O nein! Hat sie …?«

»Ist noch nicht klar. Sie wurde getestet. Aber auch sonst ist das nicht gut.«

»Ich fahre hin«, sagte Mia kurz entschlossen.

»Wie, du fährst hin? Du kannst sie nicht besuchen, das weißt du doch.«

»Zu *Saba*. Ich lass ihn nicht allein.«

»Aber das ist auch verboten. *Seger*, meine Liebe.«

»*Seger, schmeger*! Ich bin sicher nicht ansteckend. Seit Tagen hocke ich nur in meinem Zimmer oder geh eine Stunde pro Tag laufen oder mit Itztrubal raus. Als Trägerin komme ich nicht infrage. Und groß was abbekommen werde ich auch nicht, dafür bin ich zu jung.«

Kinny war völlig überrumpelt. Mias Verhältnis zu den Großeltern war eher reserviert seit der schwierigen Zeit, die sie in ihrer Obhut verbracht hatte. Sie begriff aber auch, dass es für sie selbst nun Einsamkeit bedeuten würde, wenn Mia wirklich ging.

»Es gibt Straßensperren.«

Mia blickte sie von unten an und sagte mit betonter Kleinmädchenstimme: »Herr Polizist, mein *Saba* sitzt allein in Tiberias und hat mich angerufen, weil er dringend Hilfe braucht. Er hat sonst niemanden und nicht mal was zu Essen im Haus. Wenn ich nicht helfe, wird er es nicht überleben. Bitte, hier ist seine Telefonnummer, wenn Sie ihn fragen wollen.«

»Aber deine Prüfungen!«, sagte Kinny in letzter schwacher Gegenwehr.

»Ich nehme den Computer mit, da ist alles drin. *Saba* wird mich sicher lernen lassen, er ist der Letzte, der seiner Enkelin den Hochschulabschluss versauen wird.«

Schon war Mia in ihrem Zimmer. Kinny hörte, wie sie mit dem Großvater sprach, ihn beruhigte, ihm ankündigte, sie käme in den nächsten paar Stunden zu ihm, jeden Protestversucht im Keim erstickte. Sie packte in Windeseile eine Reisetasche, duschte und frühstückte.

»Ich mach mir Sorgen, wenn du jetzt da rauffährst«, sagte Kinny, während Mia an ihren Frühstücksflocken saß. »Mit deiner klapprigen Mühle.«

»Als ich kürzlich von Haifa zu dir nach Jerusalem gefahren bin, hast du dir wegen meines Autos noch keine Sorgen gemacht«, antwortete Mia trocken. Sie war ein Dickkopf, wie ihn nur Kinnys Familie hervorbrachte.

»Aber bitte fahr über den Rabin-Highway und nicht durch die Jordansenke, ja?«, bat Kinny, als sie ihre Tochter zum Abschied in den Arm nahm. »Nicht durch die besetzten Gebiete.«

»Hatte ich eh nicht vor«, sagte Mia und löste sich sachte von ihr. »Und wenn dein Polizistenfreund das nächste Mal hier an einem Abend aufkreuzt, ist es ja vielleicht auch gemütlicher ohne mich.« Sie sagte es nicht unfreundlich oder schnippisch, eher mitfühlend. Dennoch reagierte Kinny gereizt.

»Wenn du meinst, dass Nissim …«

»Es ist okay«, flüsterte Mia und küsste Kinny leicht auf die Wange. Sie schnappte sich ihre Reisetasche und den Rucksack und stieg die Treppe hinunter.

Kinny sah durch das Fenster, wie Mias alter kleiner Ford, den Ariel ihr nach Ende des Militärdienstes gekauft hatte, vom Parkplatz auf die Straße abbog und verschwand. Es war großherzig, was Mia tat, und es würde für Kinnys Vater eine riesige Hilfe und psychologische Stütze sein, sie in den nächsten Tagen bei sich zu haben, vielleicht sogar noch fürs Pessachfest. Gleichzeitig kam Kinny nicht umhin zu denken, dass die Fahrt nach Tiberias für Mia auch ein guter Anlass war, aus der allzu großen Intimität mit der Mutter auszubrechen. Ein paar Tage freundliches Miteinander waren drin, eine richtige, feste und längerdauernde Hausgemeinschaft würden sie nicht mehr werden. Nie mehr.

In seiner Ecke saß Itztrubal. »Wenn schon zurückgelassen, dann wenigstens zu zweit, nicht wahr?«, sagte Kinny und erschrak. Zum ersten Mal in ihrem Leben hatte sie mit einem Hund gesprochen.

Da saß man zu Hause, scheinbar stand das ganze Land still, aber das eigene Leben wurde von Tag zu Tag turbulenter und schwieriger. Dazu kam noch die seltsame Bemerkung von Nissim zum Fall Wacholder. Sie verstehe nichts? Was sollte das heißen? Sie wollte, sie musste mit jemandem sprechen. Shiran. Kinny war ihr keine besonders gute Freundin gewesen in den vergangenen Wochen, zu versunken in den eigenen Fragen und Sorgen, und da Shiran sie in letzter Zeit öfter angerufen hatte, wusste Kinny, dass längst sie an der Reihe war.

Wie immer war Shiran nicht nachtragend und freute sich über Kinnys Anruf. Aber besonders gut drauf war sie auch nicht. Als freie Journalistin war sie derzeit nicht auf Rosen gebettet.

»Ich hatte dir ja erzählt, ich war gerade dran an einem Artikel über den Notstand in den Krankenhäusern, da kam diese Seuche. Da kannst du deine Recherchen natürlich abblasen, obwohl das Thema nun brisanter ist denn je. Nun heißt es einfach: Das Virus ist an allem schuld, was interessieren uns die Kinkerlitzchen von gestern? Und sonst tote Hose, die Zeitungen sparen bei den Freien noch mehr als sonst. Derzeit bin ich im Homeoffice, ohne Office.«

»Aber hast du kein Anrecht auf Hilfe vom Staat? Es soll doch Hilfsprogramme geben.«

»Doch. Inzwischen weiß ich auch, an wen ich mich wenden muss, um das Geld abzurufen.«

»An wen denn?«

»An den Messias. Aber nun sag mal, wie geht es dir?«

Es fühlte sich vollkommen falsch an, Shiran jetzt etwas vorzulamentieren. Also sagte sie nur, dass sie sich Sorgen um ihre Mutter und den Vater mache und dass Mia nun nach Tiberias gefahren war.

Sie redeten eine Weile über Mia. Shiran hatte keine Familie, sie hatte sich vor ein paar Jahren geoutet, und das lange Verbergen ihrer sexuellen Neigungen hatte sie daran gehindert, wirklich stabile Beziehungen aufzubauen. Wie sie Shiran so über Mia reden und ihr Loblied singen hörte, fühlte sich Kinny privilegierter denn je. Mit einem Stolz, der ihr selbst vollkommen unangebracht schien, erzählte sie, dass Mia sogar schon einen

Job in Aussicht habe, wenn sie im Sommer das Studium beenden würde. Ariels Name fiel dabei nicht, er war in ihren Gesprächen tabu.

Kurz kamen sie auch noch auf die Wacholders zu sprechen. Kinny vermied aber, irgendeine Information über die Vorgänge zwischen Polizei und Schabak, ihre Gespräche mit Nissim und natürlich auch die seltsame Intervention des Polizeipräsidenten preiszugeben. Shiran war eine wirklich gute und verlässliche Freundin, und sie kannten sich seit Studienzeiten – aber sie war eben auch Journalistin, und Kinny hatte sich angewöhnt, ihr nie auch nur andeutungsweise Interna aus ihrem Beruf zu verraten.

»Kann ich dir mit etwas helfen?«, fragte Kinny zum Abschluss des Gesprächs.

»Du meinst Geld«, sagte Shiran trocken. »Im Moment geht es noch. Wenn ich meine Pausen zwischen den Kaffees etwas strecke, reicht das Pulver noch für eine ganze Weile. Und was braucht man sonst?« Sie lachte bekümmert.

# 9

Tzippi Dolev sei heute den ganzen Tag im Außeneinsatz und nicht zu erreichen, erfuhr Kinny, aber man werde ihr eine Nachricht hinterlegen, dass die Psychologin Glass nach ihr gefragt habe.

Lustlos arbeitete Kinny sich weiter durch die Beförderungsdossiers. Nissim rief nicht an, und als sie sich gegen Mittag ein Herz fasste und es bei ihm probierte, meldete sich nur die Mailbox. Sie verzichtete auf eine Sprachnachricht.

Inzwischen meldete sich ihr Vater nochmals und berichtete beglückt von Mias Ankunft. Von der Mutter hatte er nichts mehr gehört. Kinny rief selbst im Poriah-Krankenhaus an und schaffte es sogar, auf die Station durchgestellt zu werden, wo ihr eine Krankenschwester sagte, es gehe ihrer Mutter »verhältnismäßig anständig«.

»Was soll ich darunter verstehen?«, fragte Kinny.

»Na ja, Ihre Mutter ist nicht mehr zwanzig, und eine Lungenentzündung ist kein Schluckauf. Aber gemessen daran können wir zufrieden sein.«

»Und der Test? Was hat der Test ergeben?«

»Vierundzwanzig bis achtundvierzig Stunden«, sagte die Schwester. »So lange müssen Sie sich schon gedulden. Bei den Drive-Ins dauerte es manchmal vier Tage.«

Kinny hatte das Gefühl, dass das alles viel schneller möglich gewesen wäre und dass es der typische

Schlendrian war, der in diesem Land wieder Einzug hielt, das von seinen Politikern so gern als Hochtechnologie-Großmacht verkauft wurde und das nun an den banalsten Lowtech-Problemen zu scheitern schien. Doch es an dieser Schwester auszulassen, die mit müder Stimme alle noch verfügbare Freundlichkeit aufbot, wäre weder zweckdienlich noch fair.

Gegen vier Uhr konnte sie selbst vor Müdigkeit kaum mehr die Augen offenhalten und beschloss, den Arbeitstag für heute zu beenden. Ohnehin schien gerade niemand von der Jerusalemer Polizei darauf aus, ihre Hilfe in Anspruch zu nehmen. Sie wunderte sich auch, dass Nissim sie noch immer nicht zurückgerufen hatte. Diesmal sprach sie ihm aufs Band. Mit etwas theatralisch maulender Stimme teilte sie ihm mit, dass ihre Tochter zum Großvater gefahren sei, sie allein daheimsitze und sich über einen Rückruf zu gegebener Zeit doch freuen würde.

Sie legte sich hin, ohne einschlafen zu können, und beschloss, Itztrubal auf einen Spaziergang mitzunehmen. Diesmal zog es sie in Richtung des Stadtzentrums. Sie lief die Martin-Luther-King-Straße hinauf zum Rondell, von dem man einen weiten Blick auf den östlichen und nördlichen Teil der Stadt hatte. Nun, zu Beginn des Frühjahrs, war die Stadt noch grüner als sonst, was die meisten Touristen, die sich Jerusalem als Steinwüste vorstellten, immer wieder umhaute. Doch es waren keine Touristen da, verödet lag zweihundert Meter weiter zu ihrer Rechten das Hotel Inbal, von dem Kinny aus irgendeinem Grund noch wusste, dass dort einmal Präsident Clinton logiert hatte, als er zur

Beerdigung von Rabin angereist war. Das Hotel war jüngst auf hässliche Art renoviert worden, die Wände in den oberen Etagen mit gelbgrünen Platten belegt, die von Weitem aussahen wie ewig unverputztes Isolationsmaterial.

In der Scholem-Alejchem-Straße verrichtete Itztrubal sein Geschäft und schaute sie danach an, als sei er sich einer Pflichterfüllung bewusst, während sie mit leicht verzogenem Mund den Hundekot mit einem Plastiksack auflas und in den nächsten grünen Kunststoffcontainer warf. Sie bogen beim Dan Hotel (das Kinny immer noch nach seinem alten Namen Moriah nannte) nach links in die Keren Hajessod und gingen dann hinauf bis zum Terra Sancta-Gebäude am Paris Square, das in seiner interessanten Anlage zweier stumpfer Winkel dem Platz sein Gepräge verlieh und wo die Hebräische Universität nach der Besetzung des Scopusbergs durch Jordanien 1948 ein Provisorium eingerichtet hatte. Dann zurück über Rechavia, vorbei an der Residenz des Premierministers in der Balfourstraße, wo, wenige Meter von den schwer bewaffneten Sicherheitsbeamten entfernt, ziemlich betagte Demonstranten in verwehten Protestzelten saßen und darauf schauten, dass niemand ihre vom Regen ganz blasigen und verwaschenen Protestplakate gegen den Premierminister entfernte. Es war wieder windig und kalt, rasch ziehende Wolken spiegelten sich in den großen Pfützen auf den Straßen, und Kinny stellte fest, dass sie den letzten Regenguss nicht mal richtig mitbekommen hatte.

Unterwegs erhielt sie einen Anruf von Tzippi. Warum sie sie sprechen wolle. Kinny blieb kurz angebunden, sagte, sie sei gerade unterwegs, und sie verabredeten sich zu einem Videogespräch am folgenden Vormittag.

Als Kinny, durchfroren und vom wechselhaften Wetter getrieben, wieder heimkam, stand Nissim vor der Tür.

»Ist das jetzt der letzte Schrei?«, fragte sie, etwas außer Atem, als sie ihn noch von der Treppe aus erblickte. »Unangekündigte Hausbesuche? Ist es, weil ich dir aufs Band gesprochen habe, dass Mia …«

Weiter kam sie nicht, denn Nissim drückte ihr seine Lippen auf den Mund und legte die Arme um ihren Hals. Sie mochte diese aufgedrängten Zärtlichkeiten schon unter normalen Umständen nicht besonders, und viele ihrer Diskussionen in der Vergangenheit hatten sich darum gedreht, ob er mehr sie als Frau beleidige mit solchen machohaften Anflügen oder sie mehr ihn als *Misrachi*, wenn sie solches Verhalten vorwurfsvoll seiner nordafrikanischen Herkunft zuschrieb. Aber jetzt?

»Das ist wohl deine Definition von *social distancing*«, sagte sie empört, als sie sich schließlich von ihm losmachte.

»Los, schließ auf«, sagte er nur.

Sie sah, dass er einen kleinen Blumenstrauß an die Tür gelehnt hatte, und das rührte sie mehr, als sie erwartet hätte und als ihm ihrer Meinung nach zustand. Itztrubal schnüffelte kurz daran, doch sobald aufgeschlossen war, stürzte er sich auf den Fressnapf.

Es kam ihr vor wie in einem billigen Film, wie sie und Nissim da gemeinsam in die Wohnung torkelten, die Tür von einem Bein getreten – ihrem oder seinem – zuschlug, wie sie gar nicht genug auf einmal tun konnten, einander packen, küssen, an Kleidern zerren, denen des anderen und den eigenen, auf das Sofa sinken, sie waren verhungert, verdurstet nacheinander. Und im entscheidenden Augenblick legten sie in schweigendem, blindem Einverständnis die Hektik ab und glitten übergangslos in die Ruhe und Coolness erfahrener Polizisten und Liebender, in geschickte, zagende Berührungen voller Sanftheit und Zärtlichkeit. Fast erinnerte es Kinny an Verhöre, die sie gemeinsam geführt hatten. Einander instinktiv ergänzend, langsam von allen Seiten sich nähernd, behutsam, bedächtig und gnadenlos hatten sie mit allen Wassern gewaschene Verdächtige zum Einknicken, zur vollständigen Kapitulation gebracht. Genauso taten sie es jetzt, nur dass kein Delinquent sich zwischen sie drängte. Mit zielgerichteter Langsamkeit griffen und sogen sie sich aneinander, bohrten sich ineinander fest, bis nichts mehr übrig blieb, bis alles zerfiel, bis Himmel und Hölle in ihnen schäumend aufeinanderprallten.

Nissim würde über Nacht bleiben diesmal, natürlich, seine kleine graue Reisetasche hatte er gleich mitgebracht. Auf seine Bitte hin hatte sie aufs Kochen verzichtet, nur zwei dieser furchtbaren Osem-Fertigmahlzeiten mit heißem Wasser aufgegossen, in denen, wie Ariel zu sagen pflegte, das Glutamat die Grundsubstanz war. Daneben knabberten sie noch Crackers mit Pastrami, und sogar zwei Flaschen lokales Shapiro-Bier hatte der Kühlschrank noch hergegeben, Mia musste sie mal dort deponiert haben.

»Was hast du damit gemeint heute Morgen, als du sagtest, ich hätte gar nichts verstanden?«, fragte Kinny.

Nissim blickte sie fragend an.

»Wegen der Wacholder-Geschichte«, ergänzte Kinny. »Der Anruf des Polizeipräsidenten.«

Sein Gesicht hellte sich auf. Gemächlich und mit ganz ungerechtfertigtem Genuss schob er sich noch eine Gabel seiner »Thailandi«-Fertigmahlzeit in den Mund.

»Hast du schon irgendwo den Namen der beiden Verdächtigen gelesen, die der Schabak festgenommen hat?«

»Keine Ahnung«, sagte Kinny. »Darauf habe ich jetzt überhaupt nicht geachtet. Meistens veröffentlichen wir ja anfangs nur den Vornamen und das Initial des Nachnamens.«

»Aber diesmal?«

»Wie gesagt, keine Ahnung«, sagte Kinny mit leichter Ungeduld in der Stimme.

»Dann geht es dir wie dem ganzen Land. Keine Namen wurden veröffentlicht. Auch keine Initialen.«

»Okay, und was willst du damit sagen? Dass sie gar niemanden verhaftet haben oder was? Dass alles nur ein Riesenfake ist?«

»Nein, natürlich haben sie die verhaftet. Zu behaupten, dass man zwei Leute verhaftet hat, die gar nicht existieren – das kann sich nicht mal der Schabak erlauben. Wenn das rauskäme, hätten sie wohl oder übel eine Untersuchungskommission am Hals, und das können sie am allerwenigsten gebrauchen.«

»Also, worauf willst du hinaus, Nissim?«

Er setzte sich die Bierflasche an die Lippen und trank.

»Nun?«, fragte sie ungeduldig.

»Ich kann nichts beweisen, das möchte ich vorausschicken. Aber ich habe Informationen.«

»Vom Polizeipräsidenten.«

»Ich habe Informationen. Punkt.«

»Nissim, du nervst!«

Er griff über den Tisch nach ihrer Hand, was sie noch nervöser machte, und sie zog sie hastig zurück.

»Also, wir haben folgende Situation: Eine bekannte Politikerin von der Rechten und ihr Mann werden erschossen. Der Schütze hat ›Allahu Akbar‹ gerufen – vor dem Schuss, nach dem Schuss – *who cares*? Nun war Ruchama Wacholder nicht als besondere Zielscheibe der Islamisten bekannt, aber rechts ist immerhin rechts, und wer von uns wäre denn nicht ohnehin eine besondere Zielscheibe der Islamisten? Sie ist bekannt genug, dass ihr Tod so richtig allen in die Knochen fährt, und zugleich einfache Knesset-Abgeordnete ohne speziellen Personenschutz und mit festen Gewohnheiten, wie etwa spätabends ihr Hündchen Itztrubal auszuführen. Ja, von dir reden wir«, sagte Nissim und kraulte den Hund am Kopf, als er bei der Nennung seines Namens zu ihm rannte. »Wer das mal ausgespäht hat, kann sich ins Fäustchen lachen, zumal zu Zeiten des *seger*, wenn die Gefahr, sonst irgendjemanden um Mitternacht auf der Straße anzutreffen, praktisch gleich Null ist.«

»Erzählst du dann gelegentlich auch noch was Neues?«, fragte Kinny gespielt gelangweilt.

»Der Schabak unter dem Kommando des verehrten Motti Orr macht sich also auf die Suche. Klappert mal die Autonomiebehörde ab. Redet mit seinen Kontaktleuten.«

»Den V-Leuten.«

»Denen, ja. Aber nicht nur mit denen. Auch mit den Kontaktleuten, die in den Regierungsgebäuden in Ramallah sitzen. Ohne die kommst du nicht viel weiter in diesem Gestrüpp.«

»Aber ich dachte, die haben die Zusammenarbeit mit uns praktisch eingestellt? Seit der Premier die Annexionen von Siedlungen angekündigt hat.«

Nissim kicherte. »Weißt du, Kinny, du erinnerst mich an diesen CNN-Reporter vor einigen Tagen. Ich schau da manchmal rein, um mein Englisch nicht einrosten zu lassen. Da war ein Bericht über die Krise zwischen uns und denen. Also bekommt der Journalist einen Termin bei einem von deren Polizeichefs, sitzt da im Büro, und der Oberbulle erklärt ihm großspurig, dass aufgrund der Ankündigung der Annexion die Zusammenarbeit mit den Israelis bis auf Weiteres eingestellt sei. Früher habe man ihnen noch geholfen, wenn sie jemanden suchten – jetzt nicht mehr. Dann klingelt bei dem das Telefon auf dem Tisch, er wirft einen müden Blick auf das Display und sagt: ›Sehen Sie, das ist jetzt gerade mein israelischer Kontaktoffizier. Wir haben früher mehrmals die Woche telefoniert.‹ Und lässt klingeln. Aus dem Off fragt der sichtlich aufgeregte Journalist: ›Und nun nehmen Sie nicht mehr ab? Lassen es einfach klingeln?‹ ›Ja‹, sagt der Offizier cool und schiebt sein Telefon ein bisschen zur Seite. ›Jetzt lasse ich es einfach klingeln.‹ Ich habe mir fast in die Hose gepinkelt vor Lachen. Was für eine Show! Da ruft ihn entweder gerade seine Schwiegermutter an oder noch wahrscheinlicher der Typ, der ihm sonst immer den Kaffee holt und jetzt hinter dem Aufnahmeteam steht und auf das Codewort gewartet hat. Aber der Journalist: total beeindruckt. Die machen ernst! Die reden nicht mehr mit den Israelis!« Es schüttelte ihn vor Lachen, als ob er die Szene gerade zum ersten Mal vor sich sähe.

»Nachdem du mir jetzt lang und breit erklärt hast, dass ich ebenso doof bin wie irgendein naiver amerikanischer Journalist, kannst du vielleicht endlich zum Punkt kommen?«

*»Sorry«*, sagte Nissim. »Also, die Sache ist die: Man kommt ins Gespräch über den Wacholder-Mord, und die Kollegen in Ramallah sind jetzt vielleicht nicht gerade auf einer heißen Spur, aber das heißt nicht, dass man einander nicht helfen kann, oder? Es ist doch so: Der Schabak brennt auf eine Erfolgsmeldung in dieser Geschichte, die das ganze Land beschäftigt, umso mehr, seit eine rotzfreche Tussi von der Jerusalemer Polizei Motti Orr den Kopf gewaschen hat und er dann auch noch am Radio vorgeführt worden ist. Und zugleich hat man in Ramallah auch seine Probleme: die Hamas. Die werden immer dreister. Dann noch zehnmal lieber die Israelis. Also zeigt man mal, wo der Hammer hängt. Lässt zwei von deren Leuten, mit denen man noch eine Rechnung offen hat, nachts aus dem Bett holen und in israelische Administrativhaft setzen. Diese Botschaft werden sie nicht missverstehen. Alle in dieser Geschichte wissen, dass das eine Luftnummer ist, die der Autonomiebehörde hilft, ihren Gegner einzuschüchtern, ohne sich selbst die Hände schmutzig zu machen, und dem Schabak, damit er ein bisschen Druck abbauen kann. Am besten versteht es die Hamas, die aber auch die Klappe hält, weil sie sich nicht aktiv davon distanzieren wollen, für ein so prominentes Attentat haftbar gemacht zu werden. Nur wir Blödis, die israelisches

Radio hören, nicken beeindruckt, wie genial und effizient unser Schabak doch arbeitet. Wenn wir jetzt die Namen dieser beiden Verhafteten nicht erfahren, dann kümmert uns das nicht, solange sie nur in Administrativhaft sitzen. Und die kann bekanntlich ganz schön lange dauern.«

Kinny schüttelte den Kopf. »Das heißt, die Festnahme dieser beiden Männer ist ein Bluff, der dem wahren Mörder hilft, unentdeckt zu bleiben.«

»Sagen wir mal, sie erkauft dem Schabak Zeit zum Weitersuchen.«

»Aber es könnte ja auch sein, dass sie die Richtigen haben.«

»Hör zu, aber ganz unter uns: Der Polizeipräsident kennt die Namen der Verhafteten. Er hat sich ihre Akten angeschaut und Orr gesagt, dass aus seiner Erfahrung diese Akten nicht zum Profil von Leuten passen, die einen sorgfältig geplanten Anschlag verüben. Spontan mit dem Auto irgendwelche Leute umfahren, die an einer Bushaltestelle warten, so was vielleicht schon. Das sind *Nebbichs*, Boten, unterste Befehlshierarchie in der Hamas. Und Orr hat geantwortet: ›Wenn sie es nicht sind, dann fühlt sich zumindest der richtige Mörder jetzt so sicher, dass er womöglich einen Fehler macht.‹ So arbeiten die dort.«

»Wenn das tatsächlich so läuft, warum decken wir das? Warum ruft mich der Polizeipräsident noch vorauseilend an, damit ich diese Farce der Konkurrenz nicht vermassle?«

Nissim griff wieder nach ihrer Hand, diesmal entzog sie sie nicht. »Kinny, das wäre doch verheerend. Das ist die Bombe im Zimmer, die der Polizeichef meinte. Wenn wir jetzt kommen und anfangen, während der Ermittlungen am Schabak rumzukritteln, nehmen wir alle katastrophalen Schaden. Stillhalten ist absolut das Gebot der Stunde.«

»Und wie viel Schaden nehmen wir«, sagte Kinny und schaute tief in seine braunen Augen, »wenn wir bei einem solchen Theater wissentlich mitspielen? Wie viel Schaden nimmt unser Land?«

Nissim löste seine Hand aus ihrer, stand auf, ging um den Tisch zu ihr hin und zog sie sachte zu sich hinauf. »Du musst aufhören, Kinny, immer alles ins Grundsätzliche zu ziehen«, sagte er leise, nahe an ihrem Ohr. »Immer Schritt für Schritt. Was zählt, ist das Ende, nicht die Strohfeuer auf dem Weg.«

Sie schliefen später noch einmal miteinander, routinierter, weniger leidenschaftlich, als gälte es das Maximum aus ihrer epidemiologisch prekären Entgleisung herauszuholen – und schon allein, weil ihnen das gelungen war, fand Kinny zu einer Ruhe, wie sie sie lange nicht verspürt hatte.

Um vier Uhr morgens aber schreckte sie auf, terrorisiert vom Gedanken an ihre Mutter, über deren Testresultat sie immer noch nicht informiert worden war. Sie schlich sich aus dem Schlafzimmer, rief im Krankenhaus an und hing ewig in der Warteschleife, um dann von der Nachtschwester auf der Station beschieden zu bekommen, der Zustand der Mutter sei unverändert, sie schlafe, und wegen des Resultats solle sie bitte nicht mehr anrufen, man werde die Familie informieren. Kinny dankte und nahm sich vor, gegen neun Uhr nochmals anzurufen. Dann dürfte der Nachtdienst dieser Schwester definitiv beendet sein.

Sie saß noch eine Weile am Tisch und blätterte in der Bücherbeilage von *Haaretz*, die sie immer bis zum nächsten Freitag aufbewahrte, um sie dann meist ungelesen wegzuwerfen. Oft las sie nur die Intros der Artikel, die in über der Hälfte der Fälle schon darauf schließen ließen, dass es sich um einen Verriss handelte. Diesmal war der Hauptartikel dem Band eines bekannten israelischen Professors über den Dichter Paul Celan gewidmet, und das Buch war auf einen besonders ungnädigen Rezensenten gestoßen. »Narzisstisches Gelaber«, las sie, als sie sich etwas mehr in den Artikel vertiefte, und weiter »verbale Onanie, die mit assoziativem Philosophensprech Eindruck schinden möchte« – war es der Auftrag von Bücherbeilagen, Autoren zu vernichten?

Wie immer stand Nissim um kurz nach fünf auf und ging duschen. Kinny stellte den Wasserkocher an und goss ihm seinen geliebten Elite-Kaffee auf. Sie saß neben ihm, er blickte die dampfende Tasse an, dann sie, und sie stellte sich vor, das wäre ein Szenario, das sich jeden Tag abspielen würde wie bei einem ganz gewöhnlichen Paar. War es das, was sie sich wünschte? War sie wieder bereit dafür?

Sie lächelte. Nein, den täglichen Trott brauchte sie nicht mehr; sie beide kamen zueinander, wenn es sie danach verlangte, und sie blieben einander fern, wenn sie für sich sein wollten – zumindest sie empfand es so. Es wäre schlimm gewesen, gestand sie sich ein, wenn er nicht vor ihrer Tür gestanden hätte gestern Nacht, aber jetzt war es auch in Ordnung, wenn er wieder ging. Es war gut, so wie es war. Sie waren vielleicht tatsächlich füreinander gemacht, Nissim und sie, aber nicht jeden Tag.

Während er den Kaffee genüsslich in kleinen Schlucken trank, fragte Nissim beiläufig, ob sie die Akte mit den Beförderungsvorschlägen schon angeschaut habe.

»Ja, bin schon mittendrin«, sagte sie. »Warum fragst du?«

»Bloß so«, meinte er. »Zwei Vorschläge sind ja von mir.«

»Hab's gesehen«, sagte sie. Es war ihr unangenehm, dass er ein Thema angeschnitten hatte, über das sie mit ihm nicht sprechen durfte, aber er vertiefte die Angelegenheit nicht. Wenige Minuten später stand er neben der Tür, beugte sich leicht zu ihr hinunter und küsste sie sachte.

»Und wenn sich nun doch einer von uns beim anderen angesteckt hat?«, fragte sie, halb neckisch, halb bange.

»Dann gehen wir zusammen in Quarantäne«, meinte er leichthin. »Zu dir oder zu mir?«

Kinny lächelte gezwungen und stand im Türrahmen, während er, wie tags zuvor ihre Tochter, mit leichtem Reisegepäck die Treppe hinunterging.

Die diensthabende Schwester im Poriah-Krankenhaus war ausgesprochen nett, als Kinny erneut anrief, sang Loblieder auf ihre Mutter und nannte sie *mamie*. Sie versuchte auch, Kinny zu beruhigen, und versicherte ihr, dass sie jederzeit anrufen dürfe – aber ein Testresultat habe sie leider noch nicht.

Mia schrieb, dass es dem Vater besser gehe. Viel

konnte Kinny sonst für ihre Eltern nicht tun, und so bereitete sie sich auf das Videogespräch mit Tzippi vor. Als sie verbunden waren, sah sie, dass Tzippi nicht zu Hause saß, sondern im Büro.

»In einer halben Stunde beginnt mein Dienst.«

»Können Sie sprechen? Sind Sie allein?«

»Ja, viel ist nicht los hier im Moment. Die meisten Büros sind ohnehin leer. Warum wollen Sie mich sprechen?«

»Es geht um Ihren Beförderungsantrag. Ich bin Mitglied der Beförderungskommission.«

»Ich hab's mir gedacht«, sagte Tzippi mit Resignation in der Stimme.

»Was haben Sie sich gedacht?«

»Dass da Probleme auf mich zukommen.«

»Aber warum denn Probleme? Ein Beförderungsantrag ist doch etwas Positives!«

Tzippi lächelte verlegen. »Ja, schon, aber …«

»Ich gebe zu, es ist ein etwas ungewöhnlicher Antrag.«

»Sie meinen, weil er von meinen Kolleginnen gestellt wird und nicht von meinem direkten Vorgesetzten. Und weil ich in eine andere Kommandolinie befördert werden soll.« Obwohl Kinny nur Tzippis Oberkörper sah, war zu erkennen, dass sie nervös auf ihrem Stuhl hin und her rutschte.

»Ja. Hat das einen speziellen Grund?«

»Spielt das eine Rolle bei der Bewertung des Antrags?«, fragte Tzippi verunsichert.

»Schauen Sie, Tzippi, ich bin hier als Psychologin tätig. Wenn ich außergewöhnliche Dinge bemerke, dann ist es mein Job, herauszufinden, ob es Probleme gibt, die dem zugrunde liegen. Das interessiert mich persönlich gerade mehr als die Bewertung des Antrags.«

Die junge Polizistin druckste herum, spielte nervös mit ihren Haaren. »Ist das ein vertrauliches Gespräch? Ich meine, wird das aufgenommen oder irgendwo protokolliert und jemandem vorgelegt, was wir hier besprechen, oder bleibt das ganz unter uns?«

Kinny merkte einmal mehr, wie schwierig, ja fast unmöglich es war, gewisse Themen in einem Videogespräch zu besprechen. Sie fand kaum einen Weg, Tzippis Vertrauen zu gewinnen. Wo in einer normalen Sprechstunde ein aufmunterndes Nicken womöglich ausgereicht hätte, musste hier aufwendig und ungelenk mit Worten hantiert werden. Ein zweidimensionales Nicken war nicht dasselbe.

»Keine Sorge. Alles hochvertraulich.«

»Ehrlich gesagt, eine Versetzung ist auch okay, wenn es mit der Beförderung nicht klappt.«

»Sie haben ein Problem mit Ihrem Vorgesetzten, und ihre Kolleginnen wollen Ihnen helfen.«

Tzippi biss sich auf die Unterlippe. »Ja. Ich meine, nein. Also nicht mit meinem direkten Vorgesetzten. Nicht hauptsächlich.«

»Ihr direkter Vorgesetzter«, Kinny setzte sich die Lesebrille auf und blätterte in einem Ordner, den sie sich bereitgelegt hatte, »ist Leutnant Edri. Jacky Edri.«

»Jacky ist in Ordnung. Wirklich.«

»Wer ist nicht in Ordnung?«

»Nicht in Ordnung? Nein, es ist nur … Also, Sie kennen Hauptmann Edelstein. Sami. Jackys Vorgesetzten.«

»Klar kenne ich den. Was ist mit ihm?«

Sie lachte spitz und verlegen auf, blickte auf die Tischplatte, winkte ab. »Ein bisschen aufdringlich vielleicht.«

»Was heißt das? Hat er Sie sexuell belästigt.«

»Ich weiß nicht, ob man das Belästigung nennen kann. Solche Bemerkungen halt. Es begann letzten Sommer, da begegnete er mir auf dem Flur, und ich hatte wohl einen Knopf meiner Dienstbluse nicht zugemacht, ich weiß nicht, warum, unabsichtlich oder weil es heiß war, keine Ahnung.«

»Und dann?«

»Er sagte mir im Vorbeigehen, dass meine Bluse zu weit offenstehe.«

»Okay – das ist ja jetzt noch keine anrüchige Bemerkung.«

»Nein, klar. Ich habe mich entschuldigt und gleich versucht, den Knopf zu schließen, da sagte er noch: ›Von mir aus können Sie noch zwei oder drei Knöpfe öffnen, so wie das da aussieht – aber das ist halt nicht dienstkonform.‹«

»Das klingt schon weniger gut.«

»Ich fühlte mich ziemlich schlecht, aber ich habe mit keinem drüber geredet. Er hat dann immer mal wieder was fallen lassen – nur, wenn es sonst niemand hörte. Nie eine richtige Anmache oder so, aber eben Bemerkungen über meinen Körper. Doch dann im Januar, da war eine Wochenendaktion geplant für unsere ganze Kommandolinie: ein Wochenende in einem Hotel in Eilat, mit Partner, alles inklusive, für ein paar Schekel. Sie kennen ja diese Bonus-Aktionen.«

»Klar.«

»Ja, und so zwei, drei Tage vorher traf ich Sami in der

Kaffeeküche. Er fragte mich, ob ich mich auf Eilat freue, und ich sagte ›ja, total‹, obwohl wirklich das Einzige, was mich störte, war, dass er auch dort sein würde. Da sagte er, er freue sich auch sehr darauf. Allein die Gelegenheit, mich mal im Bikini zu sehen, sei schon die Reise wert. Ich war total irritiert, jede Lust, dorthin zu fahren, war mir vergangen, und ich wusste, wenn ich das Oren, meinem Mann, erzähle – der ist Boxer, war früher mal Vizelandesmeister im Weltergewicht –, wenn Oren das hört, der schlägt den Sami zu Brei. Ich wollte keinen Skandal. Ich sagte am Freitag einfach, ich fühlte mich nicht gut, und wir fuhren nicht hin. Oren war ziemlich sauer und meinte, mit mir hätte man nie Spaß, aber es war für mich die einzige Möglichkeit, dieser Sache aus dem Weg zu gehen.«

»Sie haben Ihrem Mann bis heute nichts erzählt?«

»Gott behüte. Der würde ausrasten.«

»Und dann? Was ist dann geschehen?«

»Ich bin zu Jacky gegangen.«

»Zu Ihrem direkten Vorgesetzten.«

»Ja. Er war sehr verständnisvoll. Aber er hat gesagt, wirklich helfen könne er mir nicht. Gegen seinen direkten Vorgesetzten vorzugehen, sei heikel. Zumal es keine Zeugen gebe.«

Kinny musste sich beherrschen, um nicht ihre Hände gegen die Stirn zu schlagen. War das immer noch der Zustand ihrer Polizei von Jerusalem? Nach all den Schulungen, Supervisionen und Aufklärungskampagnen?

»Aber Jacky«, fuhr Tzippi fort und schaute verstohlen auf ihre Armbanduhr, »hat mir geraten, einen der hohen Offiziere hier aufzusuchen. Der liegt zwar nicht in unserer Kommandolinie, aber der habe viel zu sagen hier, meinte er. Sie kennen ihn wahrscheinlich auch. Major Gigi.«

»Ja, klar, kenn ich«, sagte Kinny und räusperte sich.

»Und Major Gigi hatte dann die Idee mit der Beförderung in eine andere Kommandolinie. Das heißt, mit dem Beförderungsantrag. Ich kannte diese Regel nicht mit den drei Vorschlägen aus dem Kollegenkreis. Er sitze auch in dieser Kommission, vertraute er mir an, und da ich nicht von ihm vorgeschlagen werde, müsse er dann auch nicht in den Ausstand treten und könne sich für mich einsetzen. Das bleibt aber wirklich unter uns, nicht wahr?«

»Keine Sorge«, sagte Kinny.

»Ja, ich musste dann halt meine Kolleginnen überzeugen. Die fielen aus allen Wolken, als ich ihnen die Geschichte mit Edelstein erzählte. Ich wollte das ja eigentlich nicht, aber das sei unerlässlich, hatte Gigi gemeint. Jedenfalls, die waren sehr solidarisch. Haben auch die Klappe gehalten. Das ist ein gutes Gefühl.«

»Das glaube ich Ihnen, Tzippi.«

»Hören Sie, ich muss langsam Schluss machen«, sagte Tzippi mit nochmaligem Blick auf ihre Uhr. »Wird jetzt dieses Gespräch irgendeinen Einfluss auf meinen Antrag haben?«

»Nein«, sagte Kinny. »Jedenfalls sicher keinen negativen. Aber es war wichtig, dass Sie mir das erzählt haben. Wir müssen in Kontakt bleiben.«

»Okay, können wir ja – dann geh ich jetzt.«

»Alles klar, schönen Tag, Tzippi.«

Kinny beendete das Gespräch und klappte ihren

Laptop zu. »Ihr Hurensöhne«, flüsterte sie vor sich hin, sagte dann lauter »ihr Hurensöhne«, und schließlich schlug sie mit der flachen Hand auf den Tisch und schrie aus voller Kehle: »Ihr verdammten, feigen Hurensöhne.«

# 10

Am Ende war es Mia, die es ihr mitteilte. Das Krankenhaus hatte bei Kinnys Vater angerufen und nicht bei Kinny, um das Testresultat bekanntzugeben. Es war negativ. Dass Jochi Glass' Lungenentzündung ein bakterieller Infekt war, hatte man schon zuvor herausgefunden, trotzdem konnte erst durch den Test eine Ansteckung mit dem Virus ausgeschlossen werden. Man sei zuversichtlich, Jochi durch eine Antibiotikabehandlung zu heilen. Kinny spürte, wie sich ein Ring um ihre Brust auflöste. Sie hatte verdrängt, wie verängstigt sie gewesen war, auch weil es hätte bedeuten können, dass ihr Vater ebenfalls erkranken würde.

»Und wie geht es dir mit *Saba*?«, fragte Kinny.

»Mit *Saba* alles bestens«, sagte Mia mit aufgesetzter Fröhlichkeit. »Er steht gleich hinter mir. Willst du ihn sprechen?«

»Gleich«, sagte Kinny. »Hat er Golan angerufen?«

»Nein, nicht, soviel ich weiß«, sagte Mia kurz. »Ich geb ihn dir jetzt.«

Kinny verzichtete darauf, eine Diskussion mit ihrem Vater anzufangen. Sie äußerte kurz ihre Freude über den Zustand der Mutter und riet ihm, heute Nacht früh schlafen zu gehen. Er müsse wieder fit sein, wenn die Mutter entlassen werde.

Ihr Vater brummelte etwas, bevor Mia nochmals ans

Telefon drängte. »*Ima*, bitte ruf Rotem doch noch mal an. Es geht ihr nicht gut.«

»Schade, dass sie mich nicht anruft.«

»Sie traut sich nicht. Du kennst sie doch.«

»Ich kenn sie überhaupt nicht«, sagte Kinny, aber schon wurde ihr von Mia ein überbetonter Kuss durchs Telefon geschickt, und dann war sie weg.

Rotems Stimme klang eigenartig hohl aus dem Telefonhörer. Nein, besonders gut gehe es ihr nicht, womöglich habe das Kinny von Mia schon gehört und rufe deshalb an. Kinny bejahte.

»Kannst du benennen, was genau dich plagt?«

»Ob ich es benennen kann?«, fragte Rotem in einem Tonfall, als hätte Kinny sie beleidigt.

»Ich weiß natürlich, dass die Ursache die Ermordung der Wacholders ist. Das meine ich nicht. Aber wie drückt sich dein Leiden aus? Welche Gedanken hast du, wenn du an diesen Mord denkst? Ist es Existenzangst, weil dein Job in Gefahr ist? Ist es Trauer? Ist es Zorn?«

Rotem überlegte kurz. »Ich würde es als Ohnmacht bezeichnen.«

»Ohnmacht«, wiederholte Kinny. »Das Gefühl, dass etwas geschehen ist, gegen dessen Auswirkungen du absolut machtlos bist.«

Wieder blieb es am anderen Ende der Leitung für eine Weile still. »Das auch«, sagte Rotem schließlich.

»Oder wie sonst würdest du deine Ohnmachtsgefühle definieren?«

Rotem schwieg. Kinny hörte ihren Atem gehen.

»Würde es dir leichter fallen, darüber zu sprechen, wenn ich dir gegenübersäße?«

Rotems Atemzüge wurden lauter und schneller.

»Rotem?«

»Es geht schon«, presste Rotem hervor.

»Hör zu, Rotem. Ich werde dich jetzt nichts mehr fragen. Ich kann noch am Telefon bleiben, wenn du magst, auch ohne zu sprechen, oder wir können auflegen, und du rufst mich an, wenn du was sagen möchtest. Wie es für dich passt.«

»Ohnmacht«, sagte Rotem da unvermittelt. »Ohnmacht, weil mir niemand zuhört.«

»Aber ich höre dir doch zu«, wollte Kinny sagen, beherrschte sich aber und schwieg.

»Ruchama wurde bedroht.«

»Wie, bedroht?«

»Es gab Anrufe.«

»Was für Anrufe?«

»Nachdem sie den Premierminister kritisiert hatte, rief mehrmals jemand an. In ihrem Büro. Sagte, wer aus den eigenen Reihen versuche, die Position des Premierministers zu unterwandern, auf den könne man verzichten. Das sei Verrat. Der Preis für Verrat sei bekannt.«

Ja, der Preis für Verrat war bekannt. Seit dem Mord an Rabin, den seine fanatischen rechten Feinde einen Verräter genannt hatten, war der Preis bekannt.

»Das hat man ihr gesagt?«

Rotem zögerte einen Augenblick. »Nein, das hat man mir gesagt. Ich habe ja die Anrufe entgegengenommen, und Ruchama wollte nicht, dass ich Leute durchstellte, die sie nicht kannte.«

»Sie meldete es nicht der Polizei?«

»Sie hat es erst heruntergespielt, als ich ihr davon erzählte. Aber ganz losgelassen hat es sie nicht. Sie sagte mir, sie wolle nicht bewacht werden, und dass die Presse das dann mitbekommt. Sie hat gesagt: ›Wenn man beginnt, aus mir eine Dissidentin zu machen, bin ich politisch gescheitert. Ich will nicht zum Liebling der linken Presse werden, sondern innerhalb meiner Partei kämpfen.‹ Sie wollte stattdessen direkt mit dem Premierminister sprechen und ihn informieren.«

»Hat sie das getan?«

»Das weiß ich nicht.«

»Und hast du all das den Schabak-Leuten erzählt?«

Rotem sagte nichts.

Kinny hakte nicht nach.

»Ich darf über das Gespräch mit dem Schabak nicht sprechen«, sagte Rotem schließlich.

»Klar«, sagte Kinny. Soweit waren sie beim letzten Telefonat schon einmal gewesen. Hier schien Rotem in eine Sackgasse zu geraten, aus der sie nicht herausfand.

Beide schwiegen wieder eine Weile. »Ja, also dann«, sagte Rotem unvermittelt. »Nett, dass du angerufen hast.«

»Du bist frustriert und fühlst dich ohnmächtig, weil du dem Schabak von den Drohanrufen erzählt hast und sie das nicht ernstnehmen«, meinte Kinny. »Obwohl sie doch danach gefragt hatten.« Es war eher eine Spekulation, aber sie musste Rotem im Gespräch behalten.

Rotem sagte wieder einen Augenblick lang nichts. Dann meinte sie: »Wenn du sowieso alles weißt, warum dann dieses doofe Versteckspiel?«

Kinny erschrak. Was steckte hinter dem Einsatz des Schabak? Wenn es keine reine Brüskierung des Polizeipräsidenten war und die Verhaftung der Palästinenser, wie Nissim meinte, wirklich nur eine Nebelkerze sein sollte, hatte dann die Ermittlung des Schabak am Ende doch das Ziel, den wahren Mörder der Wacholders zu decken? Nissim hatte diese Vermutung nicht gestützt, als sie sie geäußert hatte.

Zunächst ging es aber darum, Rotem über ihre Ohnmachtsgefühle hinwegzuhelfen.

»Der Schabak und wir bei der Polizei sind täglich mit solchen Drohungen gegen irgendwelche Leute konfrontiert. Tatsächlich sind die wenigsten ernst gemeint.«

»Mag ja sein, aber die suchen doch verdammt noch mal einen Mörder. Dann geht man doch einer solchen Spur nach, denke ich.«

»Offenbar gibt es Indizien, derentwegen sie diese beiden Palästinenser verhaftet haben«, sagte Kinny, vor allem, um Rotem zu beruhigen. »Aber ich möchte dir raten, wegen der telefonischen Bedrohungen Anzeige gegen Unbekannt zu erstatten. Das ist ja eine Straftat für sich. Und das bleibt es auch nach diesem Mord. Darum wird die Polizei sich dann kümmern müssen.«

»Was willst du, Kinny? Willst du mir zuhören, oder suchst du nach Wegen, wie die Polizei diesen Fall doch noch an sich reißen kann?«

»Mit der Polizei hat das überhaupt nichts zu tun!«, rief Kinny und erschrak über ihre eigene Heftigkeit. »Entschuldige«, sagte sie nach einer kurzen Pause. »Ich meine bloß – wenn du etwas auf dem Herzen …«

»Ich bin sicher, du meinst es gut«, sagte Rotem. »Aber

mir wäre es lieber, wir brechen das ab und reden auch künftig nicht mehr. Auch nicht, wenn Mia dir sagt, dass es mir schlecht geht.«

Kinny schaute aus dem Fenster, wo sich wieder einmal der Regen austobte. Ein wasserreicher Winter war etwas, was sich alle Israelis jährlich von Herzen wünschten, aber einen Winter, der gar nicht enden wollte, wünschten sich die wenigsten. Er schlug noch mehr aufs Gemüt, wenn man in den vier eigenen Wänden und vor allem in sich selbst eingeschlossen war. Genauso fühlte sie sich nach diesem Telefonat. Schlimmer noch: als hätte sie sich soeben eine kräftige Ohrfeige eingefangen. War es so weit gekommen mit ihrer Fähigkeit, ein Gespräch zu führen? Dass man sie am Ende bat, in Ruhe gelassen zu werden? In der Weiterbildung zur Polizeipsychologin hatte sie gelernt, dass ein Psychologe, der bei einer Vernehmung beigezogen wurde, nie darauf verfallen dürfte, gleichzeitig mit der Ermittlungsarbeit ein Psychogramm des Verhörten zu erstellen. Die Vermischung der Gesprächsebenen war eine der größten Gefahren in ihrem Beruf, und mit Rotem war ihr genau dies passiert. Sie hatte die Sorge für Rotem und ihr Interesse an der Aufklärung des Falls miteinander vermischt.

Wenn Rotem Mia von diesem Fiasko erzählte, war sie dazu noch vor ihrer Tochter bloßgestellt, und dann brauchte es Mia nur noch Ariel unter die Nase zu reiben …

Sie spürte, dass sich an ihren Füßen etwas bewegte, und schaute irritiert zu Boden. Itztrubal war unbemerkt hineingekommen und schmiegte sich an ihre Beine. Als hätte er bemerkt, dass sie gerade jetzt etwas Zuwendung und Wärme brauchte. Das war alles, was ihr geblieben war: die Zuneigung eines Hündchens, das zwei erschossenen Freunden gehört hatte. Aber immerhin das.

Sie streichelte Itztrubal und stand auf, um sich einen Kaffee zu kochen. Während sie das Pulver in ihren Espressokocher füllte, dachte sie unweigerlich an Shiran, die ihr, nur halb im Spaß, gesagt hatte, sie müsse jetzt eben sparsamer mit dem Kaffeepulver umgehen. Während Kinny versonnen den Kocher auf dem Gasherd betrachtete, in dem das Wasser zu simmern begann, reifte in ihr eine Idee, und als sie sich den Kaffee eingeschenkt hatte, trug sie die Tasse in ihr Arbeitszimmer und griff zum Telefon. Shiran hob gleich ab, hörbar überrascht, dass sich Kinny schon wieder bei ihr meldete.

»Ich hätte einen kleinen journalistischen Auftrag für dich, Shiran, natürlich gegen Bezahlung. Kein Artikel, nur Recherche. Das ist doch deine Spezialität.«

»… sagte die Dame von der Polizei«, meinte Shiran sarkastisch. Um dann aber gleich zu ergänzen: »Ein Auftrag gegen Bezahlung. Klingt in diesen Wochen fast schon surreal. Schieß los.«

Kinny erzählte ihr von den Telefongesprächen mit Rotem, den Ungereimtheiten, den Einschüchterungen, warum sie selbst hier nicht weiterkomme und auch gar nicht mehr weiterkommen wolle, weil sie in einen Interessenkonflikt geraten sei. Von dem, was Nissim ihr erzählt hatte, sagte sie nichts.

Shiran hörte aufmerksam zu. »Es sind zwei Fragen, wenn ich richtig verstehe«, fasste sie am Ende zusammen. »Erstens: Was waren das für Drohungen, und lassen die

Details auf die Urheber schließen? Zweitens: Warum setzt der Schabak die arme Rotem so unter Druck?«

»Klarer und kürzer könnte ich es nicht ausdrücken«, sagte Kinny.

»Und schreiben darf ich darüber nichts? Klingt nach einer Story, die sich gut verkaufen ließe, wenn man mehr Hintergründe dazu liefert.«

»Das kann ich jetzt noch nicht sagen«, meinte Kinny. »Von mir kriegst du jedenfalls dreitausend Schekel bar und im Voraus auf die Hand, wenn du dich der Sache annimmst. Ich weiß, das ist kein Vermögen, aber ...«

»Liebe Kinny, es gab Zeiten, in denen ich dreitausend Schekel weniger dringend gebraucht hätte. Toll, dass du bereit bist, das zu investieren. Ich werde heute Nacht wieder etwas besser schlafen.«

»Nur eines ist mir wichtig, meine Liebe. Bitte nie mit Rotem direkt sprechen.«

»Du hast es mit einem Profi zu tun, Darling.«

Keine zwei Stunden später klingelte Shiran bei Kinny, die inzwischen das Geld abgehoben hatte und es ihr in der Haustür in einem Umschlag aushändigte. Shiran hatte ihr Haar nicht nachblondieren lassen, es war voller silberner Strähnen. Als hätte sie sich dazu auch noch passend ausstaffieren wollen, trug sie eine mausgraue Stoffmaske, und das, was vom Gesicht noch zu sehen war, wirkte auf Kinny ebenfalls grau. Nur ihre Augen blitzten immer noch kampfeslustig. Sie warfen einander Kusshände zu.

»*You'll hear from me*!«, rief Shiran, die, wie viele Israelis, Englisch benützte, wenn sie einer Sache besondere Wichtigkeit zumessen wollte.

Unfähig, sich wieder an ihre Dossiers zu setzen, drehte Kinny das Radio an. Wie so oft auf *Reshet Bet* unterhielt sich ein Moderationspaar mit einem Interviewpartner. Es war keine Hauptsendezeit, und deshalb ging es nicht um die dringendsten politischen Dinge. Man diskutierte die Entwicklung des Immobilienmarkts. »Wir werden einen Einbruch sehen«, sagte der Mann am Telefon. »Einen Einbruch im Baugewerbe, aber nicht bei den Preisen.«

»Aber viele Leute haben kein Geld mehr«, gab einer der Interviewer zu bedenken, »wie sollen sie diese Preise bezahlen? Die Wohnungspreise sind schon seit Jahren zu hoch. Die jungen Paare können sich oft keine Wohnung mehr leisten.«

»Ich sehe eher ein Zögern bei den Investoren. Dann wird der Wohnraum knapp, und die Preise bleiben hoch.«

»Aber wenn keiner mehr die Preise zahlen kann …«

»Wenn keiner mehr die Preise zahlen kann, werden die Paare bei ihren Eltern wohnen bleiben oder mieten, wenn sie das noch zahlen können. Wir werden weiter eine Einwanderung haben, damit rechne ich fest, Virus hin oder her. Die Wohnungen, die zum Verkauf stehen, gehen weg. Aber gebaut wird weniger. Auch der Staat wird weniger Geld für seine sozialen Bauprojekte haben nach dieser Krise. Die Investoren bleiben gesund, wer absackt, sind die Architekten.«

»Ja, und die Leute, die sich keine Wohnung mehr leisten können.«

»Die sowieso – aber die sacken ja seit Jahren ab.«

Kinny stellte das Radio ab. Seit Langem hoffte sie auf

Politiker, die endlich etwas tun würden, um die soziale Kluft in diesem Land wirkungsvoll zu bekämpfen, und die wenigsten Leute in ihrer Umgebung verstanden überhaupt, was sie wollte. Man musste sich halt auf die Butterseite des Lebens kämpfen oder schauen, dass man von dort nicht abstürzte, wenn man mal angekommen war. So dachten alle. Nissim, der Aufsteiger, dachte so. Ariel, der Kämpfer, dachte so. Mia, die sie vor Jahren zwei-, dreimal auf Veranstaltungen der sozialistischen Jugend zu schicken versucht hatte, dachte so. Und klar, sie war auch froh, dass Mia jetzt erst mal auf einer Staatsstelle unterkam.

Sie hatte auch Gil einmal gefragt, was er zu diesen steigenden Preisen sage. Er hatte mit den Schultern gezuckt. Mehr war auch ihm dazu nicht eingefallen.

Ihre Mutter rief unverhofft an, und Kinny konnte vor Aufregung kaum sprechen. »Ich bin so froh, deine Stimme zu hören!«

»Viel gibt sie noch nicht her, diese Stimme. Aber sie werden mich, so Gott will, wiederherstellen.«

»Natürlich werden sie das, *Ima*. Du fehlst mir so.«

»Meine Liebe, das ist es, was Mütter ihren Töchtern sagen, nicht erwachsene Töchter ihren Müttern. Ich habe gehört, Mia ist bei Elizur.«

»Ja, sie ist aus eigener Initiative hingefahren. Sie schaut nach ihm.«

»Du hast eine wundervolle Tochter, Kinneret. Du hast alles richtig gemacht, wirklich. Ich muss jetzt auflegen.«

Verdammt. Diese Einsamkeit setzte ihr zu. Wann hatte sie zum letzten Mal geweint bis vor Kurzem? Und nun tat sie es plötzlich andauernd – wenn Golan ausflippte, wenn ihre Mutter ihr etwas so Schönes sagte wie schon seit Langem niemand mehr und sie gleichzeitig von Selbstmitleid übermannt wurde, weil sie zwar eine wundervolle Tochter hatte, aber wieder einmal allein rumsaß. Immer am Heulen, die Frau Psychologin.

Als ihr Telefon erneut surrte und sie Nissims Namen sah, ließ sie es klingeln. Sie wusch sich das Gesicht, kämmte und schminkte sich etwas, zog sich an, nahm Itztrubal an die Leine und verließ mit ihm das Haus, ohne das Telefon mitzunehmen. Diesmal ging sie nicht auf der *messila* nach Malcha hinunter und auch nicht in Richtung Rechavia, sondern hinter der alten Bahnstation am Löwenbrunnen vorbei über die hübschen Fußwege bis zur Windmühle, die einst Moses Montefiore hier hatte bauen lassen – eine der zahlreichen Schnapsideen, mit denen sich jüdische Philanthropen im 19. Jahrhundert in Palästina verwirklicht hatten, aber immerhin eine charmante Schnapsidee, die man zum Glück nie abgerissen hatte und die zur Touristenattraktion mutiert war. Gegenüber befand sich die Silhouette der Stadtmauer aus osmanischer Zeit, von der viele Leute meinten, sie sei ungefähr so alt wie die Klagemauer. Von dort drüben hatten vor dem Sechstagekrieg, als die Stadt geteilt war, zuweilen jordanische Scharfschützen in den jüdischen Westen der Stadt geschossen. Fast jede politische Diskussion zwischen Kinny und ihrem Vater pflegte eine Zeitlang mit dessen Ausruf zu enden: »Ja bitte, dann teilt doch Jerusalem wieder auf und richtet beim Weggehen vielleicht grad noch einen gemütlichen Unterstand für die Palästinenser ein, damit sie es leichter haben, wenn sie wieder auf Jemin Mosche zielen.«

Der Himmel stand voller grauer Wolken, die Wege waren leer, nur sehr wenige Autos fuhren auf den Straßen. Israelis verstanden nicht – und auch Kinny hatte es erst in Deutschland gelernt –, dass Romantik immer auch etwas Schauerliches hatte. Hier und jetzt konnte man es spüren. Sie setzte sich unterhalb des in unerschütterlicher Erhabenheit dastehenden King David Hotels auf eine halbwegs trockene Sitzbank und zog sich die Maske herunter, um der kühlen Frühlingsluft ihr Gesicht darzubieten. Es waren befreiende Atemzüge. Itztrubal, den sie von der Leine gelassen hatte, erschnüffelte sich seinen Weg über den Rasen und entlang der Baumwurzeln abseits des Fußwegs. Sie fragte sich, was es für ihn bedeuten musste, nun plötzlich seine Bezugspersonen von früher nicht mehr um sich zu haben, ob er Gil und Ruchama in irgendeiner Weise vermisste, wie es ein Mensch getan hätte. Nach dem ersten Schock ihrer Ermordung, der Beerdigung und der Meldung über die rasche Verhaftung zweier Verdächtiger war die Sache von den Titelseiten verdrängt worden, und das Virus dominierte wieder die Nachrichten.

Ein Sonnenstrahl bahnte sich für wenige Minuten den Weg zu ihr. Sie schloss die Augen. Als sie eine knappe Stunde später wieder zu Hause war, fühlte sie sich erholt wie nach einer mehrtägigen Reise.

## 11

In den letzten beiden Wochen vor dem Pessachfest herrschte in Jerusalem üblicherweise der Ausnahmezustand. Die Vorbereitungen auf das Fest sorgten Jahr für Jahr in den verschiedensten Geschäftszweigen für Umsatzrekorde. Von Putzutensilien über Gerätschaften für die Küche und Mobiliar für das Esszimmer bis hin zu Kinderspielzeug – alle Welt schien einzukaufen. Die Supermärkte waren schon dazu übergegangen, die Regale mit Produkten, die nicht *koscher lePessach* waren, abzukleben. Es gab ein immer größeres Angebot an Reisedestinationen für Familien, die sich den Stress der Pessachvorbereitungen ersparen wollten und die Tage am Toten Meer oder auch in Trinidad verbrachten. Doch diesmal – gespenstische Ruhe. Nicht einmal die Synagogen würden geöffnet sein. Im Flughafen hätte man eine Stecknadel fallen hören können. Als Kinny plötzlich klar wurde, dass sie den Sederabend allein verbringen würde, versetzte es ihr einen Stich. Sogar als Studentin in Tübingen war sie extra nach Stuttgart gefahren, um mit der Gemeinde zu feiern.

»So wie Weihnachten bei uns halt«, resümierte Helmut damals, als sie ihm erklärte, an diesem Abend könne man unmöglich allein sein. Aber sie war sich da nicht so sicher. Natürlich war Weihnachten ein Familienfest, aber der Sederabend war etwas anderes.

Für Kinny stand im Zentrum, dass man zusammen die Haggada las. Sie kannte die Intonation jedes Worts in der Rezitation ihres Vaters, jede Bewegung, mit der die drei Matzot auf der Sederplatte auf- und wieder zugedeckt wurden, und wusste genau, wie man bei der Erwähnung der Zehn Plagen den kleinen Finger in den Wein tunkte und bei jeder Plage in Mitleid um die leidenden ägyptischen Unterdrücker einen Tropfen an den Tellerrand tippte. »Der Mensch muss sich betrachten, als zöge er selbst aus Ägypten«, las man an diesem Abend. Vielleicht konnte man an Heiligabend zur Not allein an die Geburt eines Erlösers denken, aber allein aus Ägypten auszuziehen, allein durch das gespaltene Rote Meer zum Sinai zu laufen und sich dort zwei steinerne Gesetzestafeln abzuholen – das war doch vollkommen unsinnig.

Nach der Scheidung war Kinny zum Seder jedes zweite Jahr mit Mia bei ihren Eltern gewesen, in den anderen Jahren, wenn Mia bei Ariel war, bei Freunden, da sie es nicht ausgehalten hätte, wieder mit ihren Eltern allein am Tisch zu sitzen. Aber jetzt war es verboten, irgendwohin zu gehen, irgendwen einzuladen.

Nissim? Wenn man schon gegen die herrschenden Pandemieregeln verstieß, um mit einem Hüter des Gesetzes ins Bett zu gehen, konnte man doch auch am Sedertisch mit ihm sitzen? Aber mit Nissim war sie nicht mehr im Reinen. Seine Anrufe nahm sie nicht mehr entgegen und rief ihn auch nicht zurück. Was sie von Tzippi gehört hatte, verstörte sie. Irgendwann würde er wieder vor der Tür stehen, dann wäre der Augenblick gekommen, von ihm eine Erklärung zu verlangen.

Nissim kam aber nicht. Nicht am nächsten Abend und nicht am übernächsten. Er rief nach einigen unbeantworteten Versuchen auch nicht mehr an. Gekränkter Männerstolz eben. Kinny tigerte durch die Wohnung und wäre einmal fast über Itztrubal gestolpert, ihren letzten treuen Gefährten. Sie arbeitete ein paar Stunden am Tag ihre Dossiers ab, landete viel öfter als beabsichtigt auf den Nachrichtenseiten, die über die nervenaufreibenden Zahlen von Neuansteckungen und Toten und die kleinlichen Manöver der Politiker berichteten, die sich auch nach dem letzten Wahlgang wieder in der Sackgasse befanden – aber kein Wort über die Ermittlungen in der Angelegenheit Wacholder oder über die Identität der beiden festgenommenen Palästinenser. Sie verbrachte viel Zeit auf den Webseiten ihres Supermarkts und des Gemüsehändlers mit einer Bestellung für Pessach-Lebensmittel, in der kleinstmöglichen Menge, telefonierte mit Mia, mit ihrem Vater, mit dem Krankenhaus, nachdem sie die Mutter direkt nicht erreicht hatte. Jochi ging es einigermaßen gut, sie erholte sich langsam, aber es war noch nicht die Rede davon, sie zu entlassen.

Schließlich war Kinny mit allen Dossiers durch, außer dem von Tzippi Dolev, das sie vor sich hergeschoben hatte. Sie wollte Tzippi nicht schaden, aber sie wollte auch nicht die Probleme von ein paar Höhergestellten elegant lösen, indem sie Tzippi einfach aus der Schusslinie nahm, in der wahrscheinlich einige ihrer Kolleginnen weiter stehen würden. Doch als eine Mail von der Personalabteilung kam, in der die sie gebeten wurde, die Dossiers bis zum folgenden Tag zurückzusenden, schrieb sie kurz entschlossen eine Empfehlung für Tzippi und schickte den ganzen Wust zurück.

Und dann das! Ausgerechnet an jenem Abend, als Kinny zum Schluss gekommen war, dass Pessachputzen gegen die Einsamkeit helfen könnte, sich eine turbanartige Mütze über das Haar gestülpt und eine alte Arbeitsschürze übergezogen hatte, gerade als sie die Schränke ausgeräumt hatte und mit zwei der seit dem Aufkommen des Virus im Überfluss vorhandenen Latexhandschuhe über den Fingern einen Lappen in *Economica*-gesättigtes Wasser tauchte, um obskure Flecken aus den Regalen zu schrubben, klingelte Nissim an der Tür. Sie zögerte einen Augenblick, als sie ihn durch den Türspion sah. Dann schloss sie auf.

Der Kontrast zwischen ihnen hätte kaum größer sein können. Nissim trug einen eleganten grauen Anzug und ein blütenweißes Hemd, blank polierte Schuhe und auf dem Gesicht sein breitestes Lächeln. Angesichts seines Aufzugs kam sie sich noch mehr wie eine Putzfrau vor.

»Falls du mich ausführen möchtest, Nissim, ist das ein ganz schlechter Zeitpunkt. Ich versinke gerade in meinen Küchenschränken. Und das nächste offene Lokal liegt wohl derzeit in Schweden oder Korea.«

Er zog aus einer schmalen Tüte eine Flasche Wein. »Los Kinny, zieh dich um, mach dich hübsch. Wir feiern hier.«

»Was gibt es denn zu feiern?«

»Uns.«

»Uns!« Sie verzog das Gesicht. Sie versuchte, ihre ganze Wut gegen ihn zu mobilisieren, spürte aber, dass sie das auf später verschieben musste. Er schaute sie so erwartungsvoll an, dass sie schließlich verschwand, sich frisch machte und nach einiger Zeit ziemlich aufgebrezelt aus dem Schlafzimmer trat. Nissim hatte inzwischen den Wein geöffnet und ihnen beiden ein Glas eingeschenkt.

»*Lechajim*!«, prostete er ihr zu und hielt ihr ein Glas hin.

Sie schüttelte den Kopf. »Das passt mir gar nicht jetzt, Nissim. Du hast so gar kein Feeling für den richtigen Moment!« Das Glas nahm sie trotzdem, stieß mit ihm an und versuchte zu lächeln, bevor sie trank.

»Welcher Moment wäre denn der richtige gewesen?«, fragte er und setzte sich.

»Ein Moment, in dem wir nicht drei Tage nicht gesprochen haben. Ich bin sauer auf dich. Nein, mehr als sauer. Ich bin richtig fassungslos.«

»Aber immerhin fassungslos in hochhackigen Schuhen«, versuchte er die Situation zu entschärfen.

»Nicht alles kriegt man mit einem charmanten Lächeln aus der Welt, Nissim.«

Er wurde nun auch ernst. »Ich habe keine Ahnung, wo dich wieder der Schuh drückt, Kinny, ehrlich. Jedes Mal woanders!«

»Tzippi Dolev. Der Name sagt dir was, denke ich.«

Auf sein Gesicht trat ein verunsicherter Ausdruck. »Hast du ihr keine Empfehlung ausgesprochen? Sie hat es verdient, wirklich.«

»Ich habe mit ihr gesprochen. Hier geht es um sexuelle Belästigung.«

»Ich weiß, Kinny. Gerade deshalb wäre ihre Beförderung in eine andere Abteilung so wichtig.«

»Ist das alles, was dir dazu einfällt, Nissim? Im Ernst?«

Er schaute sie ratlos an. »Was willst du von mir, Kinny? Ich versuche, die Leute zu schützen, so gut es geht.«

»Nissim, in welchem Jahrhundert lebst du? Du bist einer der höchsten Offiziere im Jerusalemer Korps. Aber wenn dir ein Fall von sexueller Belästigung bekannt wird, dann ist alles, was dir einfällt, der Polizistin zu raten, sie solle sich an ihrem Vorgesetzten vorbei in eine andere Einheit befördern lassen? Ist das hier die große Macho-Verschwörung oder die Polizei der Hauptstadt von Israel?«

»Du meinst, wegen Edelstein, der blöde Sprüche klopft?«

»Damit hat er immerhin erreicht, dass Tzippi ein Wochenende in Eilat abgesagt hat, um ihm dort nicht im Badeanzug begegnen zu müssen. Und du glaubst ja wohl nicht, dass Tzippi die Einzige ist, der solche Dinge passieren.«

»Die meisten melden sich nicht.«

»Macht es das besser? Das macht es doch noch viel schlimmer. Aber Major Gigi schaut lieber weg und setzt sich großmütig dafür ein, dass die Opfer rumgeschoben werden und die Täter an ihrer Stelle bleiben.«

»Wieso rumgeschoben? Wir reden über eine Beförderung.«

Nissim war der Auffassung, dass es sehr schwierig sei, in einem solchen Fall etwas anderes zu tun, als Tzippi aus dem Schussfeld zu nehmen. Sie war auch nicht zu einer offiziellen Beschwerde bereit. Kinny sprach von einem Klima der Angst in der Polizei, und es sei an ihm, das zu ändern. Sie wurden beide, ohne mehr als zwei Schlucke Wein getrunken zu haben, ziemlich laut, schrien sich an wie noch nie zuvor. Kinny spürte noch während des Streits, dass sie das offenbar gebraucht hatte, dass vielleicht der Auslöser gar nicht das Entscheidende war, sondern die Notwendigkeit, sich zu streiten.

Nach einer Weile stand Nissim wütend auf. »Ich gehe jetzt. So hat das keinen Zweck.«

»Ich denke auch, Nissim«, sagte sie mit zurückgeworfenem Kopf. »So hat das keinen Zweck.« Er ging die paar Schritte zur Tür, dann drehte er sich, um Fassung ringend, nochmals um, kramte in der Innentasche seines Vestons und zog eine kleine Schachtel heraus.

»Es ist schade, Kinny. Sehr schade. Ich wollte dich heute bitten, meine Frau zu werden. Ich hätte dir noch die hübsche Geschichte erzählt, wie man einen Verlobungsring besorgt, wenn alle Juweliere geschlossen haben. Ich habe sogar damit gerechnet, dass du Nein sagen könntest, Kinny. Darauf war ich vorbereitet. Aber ich habe gedacht, zum Antrag würde ich wenigstens kommen.«

Er steckte die Schachtel wieder ein, öffnete die Tür, und ohne Abschiedsgruß verließ er die Wohnung, um Ruhe und Beherrschung bemüht. Kinny schaute ihm entgeistert nach.

Sie setzte sich an den Tisch und nippte mechanisch und in regelmäßigen Abständen an ihrem Weinglas, bis es leer war. Sie starrte noch eine Weile ins Leere, dann nahm sie Nissims Glas und die noch fast volle Flasche mit in die Küche und leerte den Inhalt von beidem in den Ausguss.

Sie lag lange wach in dieser Nacht. Der Abend hatte

etwas Irreales gehabt. Diesmal hatte ihr jeder Instinkt dafür gefehlt, dass Nissim nicht einfach so vorbeigekommen war. Sein ganzer Aufzug, seine Aufgeräumtheit. Sie hatte sich zwar hübsch angezogen, aber dann alles vermasselt. Weil ihr ihre Grundsätze wichtiger waren als ihre Beziehungen. Wieder mal.

Aber hätte sie wirklich Ja sagen können? Wollte sie wieder heiraten? Wollte sie Nissim heiraten? War es nicht gut, so wie es jetzt war? Vielleicht war das aber gar nicht die wichtigste Frage. Das Wichtigste und Schlimmste an diesem Abend war gewesen, was er am Ende gesagt hatte: dass sie ihm nicht mal die Gelegenheit zum Antrag gelassen hatte. Das Zweitschlimmste war, dass sie jetzt jedenfalls vergessen konnte, ihn zum Sederabend einzuladen.

Shirans Textnachricht mit der Einladung zu einem Videogespräch kam am nächsten Morgen ziemlich früh und ohne Kommentar. Als sie sich in kleinen Quadraten an ihren Bildschirmen gegenübersaßen, bemerkte Kinny als Erstes, dass Shiran zehn Jahre jünger aussah als vor einigen Tagen, als sie ihr Geld abgeholt hatte. Ihr Haar war nachgefärbt – nach einem inoffiziellen Friseurbesuch oder in Eigenproduktion –, und auch die schlimmsten Kummerfalten schienen verschwunden.

»Es gibt Neuigkeiten. Exklusiv für Sie, Frau Glass!«, empfing sie Kinny gutgelaunt in der Schalte.

Natürlich exklusiv, dachte Kinny. Dafür hatte sie ja bezahlt. Sie schwieg aber und nickte nur aufmunternd.

»Also: An die Computer aus dem Büro von Ruchama Wacholder kommt man natürlich nicht ran. Und an ihr

Handy auch nicht. Klar. Alles beim Schabak. Rotem ist tabu, wie du gesagt hast. Aber es gibt ja noch andere Mitarbeiter. Ihren Bürochef zum Beispiel, Tzur Duchan. Der war schon vor dem Mord auf dem Absprung zu einem neuen Job.«

»Ja, Rotem hätte seine Nachfolgerin werden sollen.«

»Genau. Jedenfalls, mit Tzur konnte ich sprechen. Das heißt, sehr gesprächig war er nicht – oder sagen wir mal, wollte er nicht sein. Aber deine Shiran hat nicht zum ersten Mal mit verdruckstcn Beamten zu tun.«

Kinny lächelte. Ihr Auftrag war für Shiran wertvoller als die dreitausend Schekel, die sie an den Finanzbehörden vorbei verdiente. Er hatte sie aus der Lethargie befreit.

»Tzur wusste von dem Anruf, von dem Rotem dir erzählt hat.«

»Ja, aber warum hast du mit ihm über diesen Anruf gesprochen? Rotem hat mir vertraulich …«

»Ich habe natürlich Rotem überhaupt nicht erwähnt. Ich sagte, ich hätte von jemand, der Ruchama nahestand, von diesen Drohanrufen erfahren. Das hat ihn sichtlich überrascht.«

»Und wie hat er reagiert?«

»Er sagte, er habe die Sache damals mit Ruchama besprochen. Sie sei es gewesen, die nichts unternehmen wollte.«

»Ja, klingt schlüssig. Das hat sie Rotem auch gesagt.«

»Klingt schlüssig, reicht aber nicht. Zumindest nicht für mich. Ich habe ihm eingeheizt. ›Als Bürochef einer Knesset-Abgeordneten haben Sie doch mehr Verantwortung, als sich einfach herauszureden, dass sie nichts unternehmen wolle, und sie ihrem Schicksal zu überlassen! Damit kann man Sie drankriegen. Sie wären verpflichtet gewesen, zur Polizei zu gehen.‹«

»Etwas dick aufgetragen«, meinte Kinny.

»Jedenfalls hat er sich so weit beeindrucken lassen, dass er hinzugefügt hat, er habe mit einem Sicherheitsexperten gesprochen, der ihm bestätigt habe, dass kein ernsthafter Grund zur Sorge bestehe. Das müsse aber *off the record* bleiben.«

»Seltsam. Warum würde er das nicht veröffentlichen wollen?«

»Das fragte ich ihn auch.«

»Und was hat er gesagt?«

»Nichts. Hier hat er gemauert.«

»Wurde er vom Schabak befragt?«

»Er wollte dazu keine Auskunft geben.«

»Hast du sonst noch etwas aus ihm rausgekriegt?«

»Nein, aber mehr brauche ich auch nicht. Ich werde das veröffentlichen. Wir haben einen quasioffiziellen Hinweis darauf, dass es einen Drohanruf gegeben hat. Ob berechtigt oder nicht – es wird die Behörden unter Druck setzen. Sie werden erklären müssen, ob es angebracht ist, eindeutig von palästinensischen Terroristen auszugehen.«

»Hat Tzur Duchan ausdrücklich zugestimmt, dass du das publizieren darfst?«

»Ja, er hat nichts dagegen. Außer eben dem, was *off the record* ist.«

»Du könntest dir womöglich Todesdrohungen einhandeln.«

»Solange man Todesdrohungen erhält, weiß man wenigstens, dass man noch lebt. Und dass es die Sache wert war.«

Einen Moment durchfuhr Kinny der Gedanke, ob es für sie die Sache wert gewesen war, dreitausend Schekel zu investieren, bloß dafür, dass nun Shiran einen Artikel schreiben könnte, für den sie ohnehin ein Honorar bekommen würde. Aber man wusste nie, wohin die Dinge führten, und im schlimmsten Fall konnte man es als Wohltätigkeit verbuchen.

Drei Tage später erschien Shirans Artikel in *Haaretz*. Aus dem relativ wenigen Stoff machte sie geschickt einen Artikel, in dem die Dinge extrem zugespitzt wurden. Der Eindruck entstand, die ganzen Ermittlungen verliefen vollkommen willkürlich, die Öffentlichkeit werde unter dem Vorwand der Diskretion bewusst im Dunkeln gelassen, und irgendwo seien Interessen im Spiel, die keiner durchschauen sollte.

Die Reaktionen übertrafen Kinnys Erwartungen. Politiker der Opposition verlangten Untersuchungsausschüsse, arabische Abgeordnete die sofortige Freilassung der beiden verhafteten Palästinenser. Die Paladine des Premierministers schlugen wild um sich und beschuldigten jeden, der sie an ein Mikrofon ließ, zu lügen und den Feinden des Landes in die Hände zu spielen.

Ab und zu sprach sie noch mit Shiran, die nun wieder gut beschäftigt war, in den Videogesprächen um Jahre jünger aussah, sich mit aufgesetzter Empörung über wütende anonyme Schreiben beschwerte und ihr ansonsten zu erkennen gab, dass sie nicht unendlich Zeit für Plaudereien mit gelangweilten verbeamteten Freundinnen habe. Sie müsse für sich selbst sorgen und habe alle Hände voll zu tun. Weitere Details über den Fall Wacholder waren von ihr nicht mehr zu erfahren. Sie hütete sich nun davor, Kinny Dinge zu erzählen, bevor sie erschienen, denn die dreitausend Schekel-Dienstleistung erachtete sie als erbracht, und so wie sie sich zurück an die mediale Oberfläche katapultiert hatte, wäre damit auch nichts mehr auszurichten gewesen. Viel Neues fand Shiran aber auch nicht mehr heraus. Sie glänzte mehr mit Vermutungen und Spekulationen, die sie aber immer noch ganz gut verkaufen konnte.

Fast demonstrativ waren am Abend nach dem Erscheinen von Shirans Artikel die Namen der beiden in Haft befindlichen Palästinenser erstmals bekannt geworden. Die Polizei blieb weiter außen vor, und dennoch war sich Kinny sicher, dass die oberen Chargen genau Bescheid wussten, wie es in dem Fall stand. Doch wen sollte sie fragen? Der Kontakt zu Nissim war abgebrochen. Er meldete sich nach ihrem völlig verunglückten Abend nicht mehr, und Kinny konnte sich nicht dazu entschließen, ihn anzurufen oder ihm eine Textnachricht zu schicken. Hätte sie sich bei jemand anderem der lokalen hohen Offiziere gemeldet, hätte das Stirnrunzeln hervorgerufen, denn niemand von ihnen wusste, dass sie etwas mit dem Fall zu tun hatte. Nach einigem Zögern versuchte sie deshalb den Polizeipräsidenten zu erreichen, was ihr über dessen Büro erstaunlich leicht gelang. Sie stellte fest, dass ihr Name schon ein Türöffner in die oberste Etage der Polizei geworden war.

»Die Bombe ist nicht explodiert«, sagte sie zu ihm. »Im Gegenteil, sie wird immer größer. Und sie stinkt.«

»Kinny«, sagte der Polizeichef, »die Bombe ist sehr

wohl explodiert, wenn auch nicht in unser Gesicht. Aber gebracht hat uns das auch nichts. Solange der Generalstaatsanwalt der Polizei nicht die Kompetenz zur Leitung der Ermittlungen zurückgibt, können wir nichts machen.«

»Aber Sie wissen, dass hier gerade etwas kräftig schiefläuft. Können Sie keinen Druck aufbauen? Es geht hier um einen Doppelmord, nicht irgendwelche kleinen Schiebereien. Sollten wir nicht wenigstens in der Frage ermitteln, wer Ruchama mit dem Tod bedroht hat?«

»Würden wir gerne. Aber wir können nicht.«

Sie schwieg einen Moment. Dann fasste sie sich ein Herz. »Darf ich Sie etwas Privates fragen?«

»Ich nehme an, es ist nicht so privat, dass ich es nicht beantworten kann.«

»Können Sie nachts noch schlafen?«

»Tut mir leid, Kinny«, meinte der Polizeipräsident, »das ist tatsächlich zu privat.«

## 12

Glitzernd lag der Kinneret zu ihren Füßen. Auch jetzt noch, drei Monate nach Ende der Regenzeit, war er fast bis an den Rand gefüllt. Die Strände, letztes Jahr noch ausladend und weitläufig, waren zu schmalen Streifen zusammengeschrumpft. Wären wie sonst im Juli Urlauber gekommen, wäre der Platz für die Liegestühle knapp geworden. Doch es verirrten sich nur vereinzelte Familien ans Ufer. Ein kurzer Abstecher hinunter zur Promenade von Tiberias hatte Kinny das ganze Elend der ausgefallenen Saison gezeigt: Außer ein paar Fischkuttern war der See leer, weder Segelboote noch Ausflugsdampfer kreuzten die Wasserfläche, und massenweise Tretboote lagen vertäut am Steg. Die meisten Restaurants und Verkaufsstände waren geschlossen. Als sie sich an einem der wenigen, die geöffnet hatten, einen Sonnenhut kaufte, bat sie der Verkäufer bescheiden, die dreißig Schekel bar und nicht mit Karte zu bezahlen, weil ihm das Geld ausgehe.

Jochi Glass hatte sich, als Wärme und Sonnenschein zurückgekehrt waren, recht gut erholt. Sie war noch während Pessach aus dem Krankenhaus entlassen worden, und Mia hatte die Feiertage bei den Großeltern verbracht. Danach war sie, mit Aufhebung des *seger*, in ihre WG nach Haifa zurückgekehrt. Im Juni hatte sie ihre Abschlussprüfungen abgelegt und nur wenige Tage danach die Stelle in der Baubehörde von Rischon Le-Zion angetreten.

Nun saßen Kinny und sie auf einer Bank, in gebührendem Abstand, wie es das Virus oder die Regierung oder beide einem abverlangten, allerdings mit heruntergezogenen Masken, um in der feuchten Hitze, fernab anderer Menschen, frei atmen und ungestört sprechen zu können. Itztrubal stöberte im gelben Gras nach irgendwelchen versteckten Schätzen. Kinnys Eltern hielten noch Mittagsschlaf, und in ein oder zwei Stunden würde Kinny sie nach Jerusalem zurückfahren. Mia hatte sich den Tag ebenfalls freigenommen und war in den Norden hochgefahren, um beim Packen zu helfen.

In den vergangenen Monaten hatte Kinny festgestellt, dass auch die Normalität des Abnormalen sich rasch etablierte. An die Wacholder-Geschichte dachte sie nur noch selten. In der Sache mit den beiden festgenommenen Palästinensern hatte Nissim recht behalten, zumindest, was die Nachweisbarkeit des Mordes betraf. Nach einer längeren Administrativhaft hatte eine Untersuchungsrichterin befunden, die Beweislage, die der Schabak präsentiere, sei zu dünn, um die beiden weiter festzuhalten. Das hatte zwar wütende Proteste aus Ruchamas Partei nach sich gezogen und das Gezeter gegen das Rechtswesen noch lauter werden lassen, aber all dies konnte nichts daran ändern, dass die beiden freikamen. Der Schabak, der in der Zwischenzeit keine andere Spur aufgetan hatte, war desavouiert.

Kinny und Shiran kommunizierten inzwischen nur noch sehr sporadisch miteinander. Shiran hatte sich in der Rolle der Vielbeschäftigten eingerichtet, wuselte an den Rändern des Hauptstadtsumpfs herum, dauernd auf der Suche nach den entscheidenden kleinen Dingen, die sonst alle immer übersahen, vor allem in der seltsamen Regierung, die sich inzwischen gebildet hatte, aber zeitweise auch noch auf der Spur der Wacholder-Geschichte.

Rotem hatte den Kontakt zu Mia praktisch abgebrochen. Der für Ruchama nachrückende Abgeordnete hatte sein eigenes Büroteam mitgebracht, und Rotem hatte ihre Stelle verloren.

Golan blieb launisch, und Kinny versuchte, mit ihm nur zu reden, wenn sie spürte, dass sie selbst einigermaßen ausgeglichen war und sich nicht allzu sehr über ihn ärgern würde.

Mit Nissim war es kompliziert. Keiner von beiden hatte sich mehr gemeldet. Da sie ihre Büros nicht im selben Gebäude hatten, er in der Zentrale im Russian Compound im Stadtzentrum und sie in der Zweigstelle in der Gewerbezone von Talpiot, waren sie sich auch nach der Aufhebung des *seger* lange nicht begegnet. Beim ersten flüchtigen Wiedersehen hatte sie ihn betont herzlich, er sie aber ausgesprochen beiläufig gegrüßt. Irgendwann rief sie ihn dann doch an. Die Cafés waren wieder offen, und sie saßen nahe Kinnys Arbeitsplatz an der heißen, lärmenden Pierre-König-Straße beim Ableger einer Kaffeekette auf unbequemen Stühlen an einem wackligen Tisch und schwiegen sich lange an. Mit der Zeit taute er dann auf und dankte ihr für das positive Gutachten für Tzippi, die befördert worden war. Zu Hause besucht hatte er sie aber nicht. Über den Fall Wacholder war zwischen ihnen kein Wort mehr gefallen.

Kinny hatte Mia nicht mehr gesehen, seit sie im Frühling nach Tiberias gefahren war. Mia hatte bald nach Antritt ihrer Stelle den alten Ford durch ein neueres koreanisches Modell ersetzt, trug einen neuen Haarschnitt, teure Sneakers und eine Markensonnenbrille. Irgendwie musste man den Abschied vom Studentenleben ja auch in Ausnahmezeiten zelebrieren.

»Und, wie läuft's bei euch in Rischon? Bist du zufrieden mit dem Job?«

»Es ist halt alles noch neu. Und natürlich erträumst du dir etwas anderes, wenn du Architektur studierst. Ich meine, du wartest nur darauf, wann du am ersten Bauprojekt mitarbeiten darfst. In einem solchen Amt prüfst du die Projekte anderer. Interessant, aber nicht sonderlich kreativ.«

»Hast du immerhin eine angenehme Arbeitsatmosphäre?«

»Ja, das schon. Melzer ist ein Macher. Ein Segen für die Bauindustrie. Nun kommt auch die Überbauung, von der *Aba* immer gesprochen hat. Das Mirage-Projekt.«

Das Mirage-Projekt! Man musste nicht mehr mit Ariel verheiratet sein, um zu wissen, dass dieses Projekt seit mehr als zehn Jahren sein wichtigstes Ziel, ja geradezu zu seiner Obsession geworden war. Er war unendlich stolz auf die Pläne gewesen, eine frei gewordene Bauzone mit drei Hochhäusern vollzustellen, wie sie heute den Wohnstandard von Hunderttausenden in Israel bestimmten. Doch dann war das Projekt blockiert worden. Die Stadtoberen hatten nach schon erfolgter Ausschreibung der Sache einen Riegel vorgeschoben. Ein anderes Großprojekt sei soeben bewilligt worden, hieß es damals, und mit zweien wäre Rischon infrastrukturell überfordert. Ariel hatte trotz seiner Frustration die Planung weitergeführt, um bereit zu sein, wenn, worin er sich sicher war, eines Tages eine Neuausschreibung anstünde. Er hatte sich zugleich auch für ein laufendes Projekt beworben, das einem Büro in Tel Aviv zugeschlagen worden war – dort war Gil in den Ausstand getreten, weil er sich bei der Teilnahme seines früheren Partners als befangen betrachtet hatte.

»Und das heißt, dass *Aba* jetzt endlich seinen Riesenauftrag bekommt? Dann könnte er dich ja direkt wieder anstellen.«

»Das Ausschreibungsverfahren ist noch nicht durch. Unter uns: *Abas* Projekt hat im Bauamt keine besonders gute Presse. Seine Pläne gelten als zu nutzorientiert. Zu weit weg von den Menschen und etwas altbacken. Natürlich darf ich ihm das nicht sagen.«

Sie stand auf, zog einen mitgenommen aussehenden Tennisball aus ihrer Handtasche und warf ihn ein paar Meter weit ins Gras, was Itztrubal zu begeistertem Bellen und Apportieren animierte.

Zu weit weg von den Menschen, dachte Kinny nachdenklich. War hier der Charakter Ariels in seine Architektur hineingeflossen? Und waren sie als Paar daran gescheitert, dass Ariel nicht nah genug an den Menschen dran war und sie zu nahe heranwollte, auch an ihn? Oder eben gerade an ihn nicht? Sie beobachtete gedankenverloren ihre ballwerfende Tochter, die in der Blüte ihrer Jahre und ihres Selbstbewusstseins stand, und ein kaum beherrschbares Bedürfnis überkam sie, Mia zu beschützen.

Kinny war müde heimgekommen, kurz nach neun Uhr abends. Ihre Eltern hatten wieder ihre Wohnung in Jerusalem bezogen, und es fühlte sich gut an, sie in der Nähe zu haben. Dennoch war es, trotz Mias Hilfe, auch anstrengend gewesen. Wie alle Eltern wurden auch Kinnys mit zunehmendem Alter komplizierter und langsamer. Sie hatte ihnen nichts erzählt von dem Zerwürfnis mit Nissim, das vielleicht gar keines war, sondern nur das Einfrieren ihrer Beziehung an einem vernünftigen Punkt, an der letzten Wegbiegung, bevor ihr wieder ein Ring angesteckt wurde. Die Eltern fragten während der Fahrt immer wieder nach ihm, doch sie antwortete ausweichend. Ihr Vater erkundigte sich auch nach dem Stand im Fall Wacholder, und Kinny erklärte, die Polizei sei bekanntlich nicht zuständig. Das wisse er, sagte Elizur mürrisch, aber er sei sicher, dass man sie trotzdem bestens informiere.

Mia war in ihrem eigenen Auto mit Itztrubal auf dem Rücksitz nach Jerusalem mitgefahren und hatte Kinny geholfen, die Großeltern wieder in ihrer Wohnung einzuquartieren. Nun war sie auf dem Rückweg nach Rischon. Kinnys Angebot, heute Nacht bei ihr zu schlafen, hatte sie ausgeschlagen.

Kinny setzte sich an ihren Esstisch und wählte die Nummer von Sushi Rechavia, obwohl sie keine besondere Lust auf Sushi hatte. Aber dafür, selbst etwas zuzubereiten, fehlte ihr die Kraft, Pizza klang noch schrecklicher, und die Vorstellung, auf Essen zu warten, das geliefert werden würde, hatte etwas Tröstendes. Das Essen selbst war dann weniger tröstend, wie sie später feststellte, als sie rat- und lustlos vor den Reisbällchen und säuberlich geschnittenen, mit Fisch und Avocado gefüllten Scheiben und Saucendöschen aus Plastik saß.

Nach ihrer Bestellung erst stellte sie fest, dass sie ihr Telefon seit ihrer Ankunft in Tiberias am Morgen aus Versehen in den Ruhemodus versetzt und die eingetroffenen Anrufe und Nachrichten nicht mehr bemerkt hatte. Das meiste Hereingekommene war nicht besonders wichtig. Nur eine Textnachricht fiel ihr auf, die letzte, eingetroffen vor etwa drei Stunden, von Nissim: »Der Schabak hat den Fall W. an uns übertragen.«

Sofort war alles wieder da: der Schock der ersten Nachricht im Frühling, das gespenstische nächtliche Treffen beim Schabak in Tel Aviv, das Gespräch mit Ariel. Sie rief Nissim an.

»Danke für deine Nachricht. Ich habe sie erst jetzt gesehen. Ich war in Tiberias, um meine Eltern zu holen.«

»Ich dachte, es könnte dich interessieren.«

»Ja, klar interessiert mich das.«

»Bei uns wird dieser Fall gelöst werden, ich verspreche es.«

»Und woher weißt du, dass sie beim Schabak nichts zurückbehalten haben? Das ist doch alles eine riesige Schweinerei, wie das hier läuft. Wie ein stinkender Fisch wird dieser Fall hin- und hergeschoben.«

»Sie haben versprochen zu kooperieren.«

»Großartig!«, meinte Kinny trocken.

Sie schwiegen beide für einen Moment.

»Weiß man, wer damals bei Rotem angerufen hat?«, fragte Kinny schließlich.

»Ich werde es rausfinden.«

»Alle Achtung, Major Gigi!«, sagte sie spöttisch.

»Ich werde sie erneut vernehmen und es rausfinden. Mit deiner Hilfe«, erklärte er.

»Aha – ist das bereits so beschlossen worden?«

»Kinny!«

»Im Ernst, ich denke, Rotem ist wirklich nicht besonders gut auf mich zu sprechen.«

»Und ich denke, das wird sich ändern, wenn jetzt wir zuständig sind und nicht der Schabak, der andere Prioritäten hatte und sie unter Druck setzte.«

»Wir werden sehen.«

»Ja, wir werden sehen. Und wir werden einander sehen.«

»Major Gigi, Sie sind ein Idiot!«

Er lachte auf und sagte irgendetwas. Doch in diesem Augenblick klingelte der Kurier mit dem Essen an ihrer Tür, was es ihr ermöglichte, das Gespräch zu beenden. Sie verabschiedeten sich sehr formell voneinander. Nachdem sie das Essen einige Minuten angeschaut hatte, nahm sie es und stellte es in der Verpackung in den Kühlschrank, in der vagen Hoffnung, sie könnte vielleicht morgen Lust auf Sushi haben. Ihr Blick traf sich mit dem Itztrubals, die beiden sahen einander an, dankbar dafür, dass das Schicksal ihnen noch einen gemeinsamen Abendspaziergang gebot.

Sechzehn Stunden später war schon wieder Nissim am Telefon, diesmal am dienstlichen, und wiederum betont sachlich. »Ich weiß, es ist sehr knapp, aber könntest du in einer Stunde bei mir sein? Ich befrage gerade Rotem. Es hat weniger lang gedauert sie aufzubieten, als ich dachte. Sie wäre froh, wenn du dabei wärst.«

»Sie wäre froh?«

»Wie ich vorausgesagt habe.«

Kinny ihrerseits wäre froh gewesen, wenn sie schon etwas anderes vorgehabt hätte. Irgendetwas Unaufschiebbares. Oder wenn sie eine gute Lügnerin gewesen wäre. Beides traf nicht zu. Deshalb machte sie sich auf den Weg durch die Straßen Jerusalems. Eingeklemmt in den üblichen Stau, der die Straßen der schnell gewachsenen Metropole verstopfte, empfand sie unterwegs wenig Freude über die vom Premierminister gepriesenen neuen sommerlichen Freiheiten der Bürger nach dem Rückgang der Ansteckungszahlen.

Rotem sah schlecht aus. Ihr Haar war so kurz geschnitten, als fürchtete sie bereits wieder den nächsten *seger*, in dem sie nicht zum Friseur gehen könnte. In Kinnys Erinnerung war sie zudem schlanker gewesen, und auf eine schwer zu definierende Weise wirkte auch ihre Kleidung nachlässig. Die aus der Maske ragende Hälfte des Gesichts sah blass aus, unter den Augen zeichneten sich Ringe ab. Nissim saß mit ihr in seinem nicht besonders großen Büro. Wie es die Regeln verlangten, war die Klimaanlage abgestellt und das Fenster offen. Ein kleiner Tischventilator versah hilflos seinen Dienst.

»Gibt es keinen größeren Raum?«, fragte Kinny nach flüchtigem Gruß und Blick zu Nissim.

»Im Moment keinen, den man den Bestimmungen entsprechend belüften könnte«, meinte er.

Sie setzte sich in eine Ecke auf den einzigen verbliebenen Stuhl, unmittelbar neben Nissims kleinem Kühlschrank.

Nissim war ganz offensichtlich bemüht, eine angenehme Gesprächsatmosphäre zu schaffen, was in dem nüchternen, stickigen Raum mit den hässlichsten Möbeln der Welt, Dutzenden von Ordnern und mit Schnur zusammengebündelten Papieren nicht einfach war. Er wollte wohl einen Kontrast zu den ruppigen Methoden des Schabak herstellen, Vertrauen gewinnen, und je länger sie seiner übertrieben freundlichen, verständnisvollen Einleitung zuhörte, desto stärker kam Kinny zur Überzeugung, dass es gar nicht Rotems Wunsch gewesen war, sie dabeizuhaben, sondern dass sich Nissim von ihr das erwartete, was er ihren »positiven Spirit« nannte, und dass er es gewesen war, der Rotem davon überzeugt hatte, sie hinzu zu bitten.

Immerhin, er machte keinen schlechten Job, während Kinny danebensaß und sich überflüssig fühlte. Rotem erzählte Dinge, die Kinny schon wusste – von ihr selbst oder von Shiran und aus ihren Artikeln –, doch es wirkte, als gebe man ihr erstmals die Möglichkeit, in vertrauenerweckender Umgebung ihr Herz auszuschütten. Der Umstand, dass nun die Polizei offiziell für den Fall zuständig war, hatte offenbar Rotems Ängste und Beklemmungen aufgelöst. Kinny lächelte unter ihrer Schutzmaske in sich hinein, weil sie feststellte, dass Nissim sich sanft und zielstrebig auf das zubewegte, was Kinny einmal den »G-Punkt der Vernehmung« bezeichnet hatte. Tatsächlich begann Rotem immer ausführlicher selbst zu sprechen, zuweilen musste Nissim sie sogar unterbrechen, um den Redefluss zu stoppen. Sie nannte Namen, die Ruchama Wacholder erwähnt habe, von Leuten, die sie hinter den Drohungen vermutete. Ja, erklärte sie Kinny, als diese auch mal eine Frage stellte, Shiran habe sich bei ihr auch gemeldet, nach dem Erscheinen ihres Artikels in *Haaretz*, aber sie habe nicht mir ihr sprechen wollen.

Kinny machte Nissim, der gleich schon die nächste Frage stellen wollte, ein verstecktes Handzeichen, dass er die Kadenz seiner Fragen senken sollte, und auch sie selbst sagte nichts. Rotem saß zwischen ihnen, einen Moment lang unschlüssig, ob das Gespräch zu Ende war. Nissim kannte Kinnys Methoden. Er wusste, dass sie zuweilen Pausen entstehen ließ, in denen die Vorgeladenen sich besinnen und vielleicht etwas formulieren konnten, was ihnen sonst im Fragestress nicht eingefallen wäre.

Nach einer Weile begann Rotem in ihrer Handtasche zu kramen, die sie über ihre Stuhllehne gehängt hatte, und zog ihr Handy heraus.

»Tatsache ist«, sagte sie, »ich habe den Anrufer aufgenommen, der damals Ruchama bedroht hat. Nur ein kurzes Stück, denn bis ich mein Handy bereit und das Bürotelefon auf Lautsprecher umgestellt hatte, dauerte es eine Weile. Aber ein paar Sekunden sind drauf. Keine super Klangqualität natürlich.«

Ohne weitere Aufforderung wischte sie zwei-, dreimal über die Oberfläche, worauf eine Männerstimme zu hören war, die sagte: »Und sie weiß, alle wissen, welchen Preis man für einen Verrat zahlt in diesem Land. Ich hoffe, dass ich mich klar ausgedrückt habe.«

Nissims Augenbrauen gingen nach oben. »Haben Sie das schon mal jemandem vorgespielt?«

»Ja, Ruchama. Sie wollte, dass ich das für mich behalte.«

»Ohne es der Polizei vorzulegen?«

»Ja. Ich habe ja schon mehrfach gesagt, dass sie auf keinen Fall in diese Opferrolle rutschen wollte.«

»Und hat es sonst noch jemand gehört? Tzur Duchan zum Beispiel?«

»Ihm habe ich es als Tondatei geschickt.«

»Und was hat er dazu gemeint?«

»Er hat sich nach ein paar Tagen wieder gemeldet. Er habe es mit einem Sicherheitsexperten besprochen. Das sei Humbug. Ich solle es löschen. Das stand übrigens falsch in diesem Zeitungsartikel, der im Frühjahr erschien. Dort hieß es, er habe nur mit Ruchama darüber gesprochen.«

*Off the record*, dachte Kinny. »Sie haben es aber nicht gelöscht«, sagte sie trocken.

»Nein. Es ist mein privates Handy. Ich kann selbst bestimmen, was da drauf ist und was nicht.«

»Und der Schabak?«

»Wollte es nicht hören.«

»Sie haben sich geweigert, diese zwei Sätze anzuhören?«

»Sie haben gesagt, Drohanrufe seien die beste Gewähr dafür, dass dies nicht die Täter seien. Kein Täter sei so blöd, eine solche Spur zu hinterlassen. Offenbar ähnlich wie dieser Sicherheitstyp, den Tzur gefragt hatte.«

Kinny und Nissim warfen einander einen Blick zu.

»Gibt es sonst noch was auf Ihrem Handy, was für uns von Belang sein könnte?«, fragte Nissim.

»Nicht, dass ich wüsste.«

»Gut. Wenn Sie mir diese Aufnahme auch weiterschicken könnten … Ich würde sie gern untersuchen lassen.« Er schob seine Visitenkarte zu Rotem hinüber.

Rotem nickte irritiert, aber irgendwie erleichtert.

Es dauerte einige Tage, bis die Stimme zugeordnet werden konnte. Nissim wollte es vermeiden, durch großflächiges Einfordern von Stimmproben Aufsehen zu erregen. Er ordnete an, dass zunächst versucht werden müsse, die Stimme anhand von Videomaterial auf öffentlichen Plattformen zu identifizieren. Die Zahl der Videos, die in irgendeiner Weise von Sympathisanten des Premiers stammten, ging in die Tausende. Der Leiter der technischen Abteilung stürmte erbost in Nissims Büro und erklärte, das sei eine Zumutung für seine Leute.

»Mord ist immer eine Zumutung.«

»Was denn, Mord! Das ist doch einfach blödes Gelaber.«

»Sie hätten beim Schabak anheuern sollen«, meinte Nissim. Der Technikchef schaute ihn verständnislos an.

Sie einigten sich auf ein gestaffeltes Vorgehen nach Prioritätengruppen. Nissim hatte Glück. In der zweiten Gruppe, nach gut neunhundert Hörproben, gab es einen Treffer. Kinny erfuhr es von Nissim, der sie in ihrem Büro in Talpiot anrief.

»Yoav Koltov.«

»Sagt mir nichts.«

»Sagte mir auch nichts. Ich habe Rotem gefragt, ob sie mit dem Namen was anfangen könne. ›Der Sohn von Ruven Koltov‹, sagte sie mir.«

»Ruven Koltov? Moment, das ist doch einer dieser Neureichen. Der mit diesem privaten Sicherheitsdienst, der in der ganzen Welt irgendwelche Leute beschützt und etwas dubiose Schutzdienste in Kriegsgebieten versieht, oder?«

»So ist es. A-Security heißt die Firma.«

»Ja, richtig, A-Security.«

»Yoav Koltov jedenfalls«, erklärte Nissim, »gilt als einer der engsten Freunde des Sohns des Premierministers. Und die Väter sollen ja auch ausgiebig miteinander kungeln.«

»Was du alles weißt!«, sagte Kinny und lachte irritiert.

»Ja, mit deinen zehn Minuten *Reschet Bet* am Tag kommt man auf keinen grünen Zweig. Aber lass mich kurz einen anderen Anruf machen. Ich melde mich später wieder.«

Es dauerte keine zehn Minuten, da hatte sie ihn wieder an der Strippe.

»Wie viel Mal willst du raten, wer der Sicherheitsfachmann war, dem Tzur Duchan die Telefonaufnahme von Rotem vorspielte, um sich Rat zum weiteren Vorgehen einzuholen?«

Kinny zögerte. »Ruven Koltov?«, fragte sie schließlich.

»Bingo!«, rief Nissim. »Die beiden sind alte Freunde, kennen sich aus der Jugendbewegung Betar.«

»Dann hat Koltov auf dem Band die Stimme seines eigenen Sohns gehört!«

»So ist es. Sehr wahrscheinlich, ohne dass Tzur das realisiert hat.«

»Unglaublich! Klar hat er ihm geraten, nichts zu unternehmen. Dann, als der Mord geschah, hat er den Premierminister informiert, dass da belastendes Material existiert, das er lieber nicht in die Ermittlungen einbezogen sähe.«

»Darauf ist der Premier eingestiegen? Deshalb hat er den Schabak statt der Polizei auf die Sache angesetzt?«

»So sieht es aus. Sein eigener Sohn ist ja nie weit, wenn es um Ausfälle gegen politische Kontrahenten geht. Und jetzt rat mal, wer Tzur Duchans neuer Arbeitgeber wird.«

Kinny, etwas durcheinander, ordnete ihre Gedanken. »A-Security?« fragte sie auf gut Glück.

»Nochmals Bingo!«, rief Nissim. »Du hast die Bank gesprengt.«

# 13

Eine Mischung aus Arroganz und Gebrochenheit strahlte Yoav Koltov aus, als er Nissim und Kinny im Vernehmungsraum hinter einer Spuckschutzscheibe gegenübersaß. Er war ein junger Mann von Mitte zwanzig. Seine schwarze Maske mit dem Totenkopfsymbol und seine ganze schwarze Kluft waren natürlich reine Provokation. Die tätowierten Unterarme hatte er krampfhaft verschränkt, doch in den Augen war ein nervöses und ängstliches Flackern zu erkennen. Kinny und Nissim nahmen die Masken ab und bedeuteten Yoav, dass er das auch tun könne.

In wenigen Worten hatte Nissim Yoav klargemacht, dass er wegen seiner ausgestoßenen Drohung ein Verfahren am Hals haben würde. Stimmen seien nun einmal so sichere Identifikationsmerkmale wie Fingerabdrücke oder DNA-Proben, dazu kämen dann noch die Aussagen der Mitarbeiterin von Ruchama – Rotems Namen nannte er nicht. Sie hatten sie auch noch nicht gefragt, ob sie zu einer Zeugenaussage bereit sein würde.

»Da wird Ihnen der Papa einen teuren Anwalt zur Seite stellen, und der soll dann schauen, was er fertigbringt. Ich finde solche Aktionen zwar widerlich, aber sie interessieren uns nicht weiter.« Er lehnte sich zurück, als hätte er für heute schon alles gesagt. Wie in stillem Einverständnis mit ihm fuhr Kinny nach einer kurzen

Pause fort: »Es ist natürlich nochmals anders, wenn die bedrohte Person gemeinsam mit ihrem Mann kurze Zeit später auf offener Straße erschossen wird.«

Ein Ruck ging durch Yoavs Körper, er beugte sich erregt nach vorne. »Seid ihr vollkommen übergeschnappt? Ich soll die Wacholders erschossen haben?«

»Jemand hat es jedenfalls getan«, meinte Kinny. »Und von Ihnen wissen wir immerhin, dass Sie es angekündigt haben.«

Yoav bemühte sich nach seiner impulsiven Reaktion sichtlich um Ruhe und Gelassenheit und lehnte sich wieder zurück. »Ihr haltet euch wohl für sehr gescheit, was?«

Kinny fiel auf, dass er es geschickt vermied, den Anruf zuzugeben, um sich nur von der Tat zu distanzieren.

»Sehen Sie, Yoav«, hakte Nissim wieder ein, »die Polizei arbeitet oft langsam, aber immer sehr gründlich. In diesem Fall nicht mal so langsam. Erst gerade hat uns der Schabak die Ermittlungskompetenz übertragen, und schwupps, schon haben wir eine ganz neue Spur. Aber natürlich, Sie werden nach diesem Gespräch in Ruhe heimgehen, alles intensiv mit Ihrer Familie besprechen und sich eine Verteidigungslinie ausdenken. Bloß uns werden Sie so schnell nicht los. Wir beginnen jetzt, Hinweise zu sammeln und der Sache auf den Grund zu gehen, und irgendwann, wenn Sie vielleicht schon nicht mehr damit rechnen, stehen wir wieder da. Das sind lange, qualvolle, schlaflose Wochen und Monate. Meistens sind klare und rechtzeitige Geständnisse eine Befreiung für alle, und sie können sich markant auf das Strafmaß auswirken.«

»Dann kann ich jetzt also gehen?«, fragte Yoav nur.

»Vielleicht sagen Sie uns noch, wo sie sich in jener Nacht befanden, als Ruchama und Gil Wacholder in der Straße des 29. November erschossen wurden.«

»Na, wo schon! Zu Hause natürlich. War ja *seger*, oder haben Sie das vergessen?«

»Zu Hause, das bedeutet in Ihrer Wohnung in Ramat Aviv?«

»So ist es.«

»Sic wohnen allein?«

»Ich habe eine Perserkatze. Sie kann bestätigen, dass ich da war.«

»Wir werden das Alibi überprüfen«, meinte Nissim trocken.

»Es waren Araber«, rief Yoav erregt. »Terroristen. Sie haben ›Allahu Akbar‹ gerufen. Schon vergessen?«

»Ja, das meinte der Schabak auch. Aber die beiden Palästinenser haben sie wieder aus der Haft entlassen.«

»Dann waren es halt andere. Finden Sie die, statt Ihre Zeit mit harmlosen Bürgern zu verplempern.«

»Ich glaube Ihnen, dass Sie zu Hause waren«, sagte Kinny. »Vielleicht können Sie uns aber weiterhelfen. Wenn Sie jemand sind, dem man zutrauen würde, eine so offene Drohung auszusprechen, weil Sie jedenfalls auch mit Leuten zu tun haben, die sicher Ruchama alle überhaupt nicht geschätzt haben, könnten Sie sich vorstellen, dass jemand so wütend wird und in Ruchama Wacholder eine solche Gefahr sieht, dass er beschließt, sie zu erschießen?«

»Nein.«

Kinny und Nissim nickten einander leicht zu. Nissim

drückte einen Knopf in der Sprechanlage in der Ecke des Tisches und sprach hinein. »Entlassen, kann gehen.« Ein Polizist öffnete die Tür von außen und hielt sie Yoav auf.

»Und – Yoav!«, rief Kinny, als er bereits in der Tür stand. Er drehte sich um. »Bitte Maske wieder anziehen.«

Er ließ sich ein zustimmendes Nicken abringen, bevor er seine Totenkopfmaske wieder an den Ohren befestigte.

In New York waren Sommerferien, und so war Golans Sohn Matt, der an diesem Tag Geburtstag hatte, auch tagsüber erreichbar. Jochi und Elizur hatten ihren Laptop auf den Balkon gestellt, damit auch Kinny ohne allzu große Sorge, sie oder sich mit dem Virus anzustecken, an dem Videoanruf teilnehmen konnte. Auf Kinnys Anwesenheit hatte Jochi Wert gelegt. Sie war es nämlich gewesen, die dieses Gespräch überhaupt eingefädelt hatte. Der Anlass, Matts 13. Geburtstag, war eher ein vorgeschobener, auch wenn es die Großeltern, vor allem Jochi, nie versäumten, die Enkel in New York zum Geburtstag anzurufen und ihnen auch ein Geschenk zu schicken, das dann meist schon dort eingetroffen war und für das sie sich immer höflich, manchmal auch begeistert, bedankten. Aber diesmal hatte Jochi, die vielleicht durch die überstandene Krankheit noch etwas sensibler geworden war, die Absicht, eine Versöhnung zwischen ihrem Mann und ihrem Sohn anzustoßen. Und so hatte Kinny mit Golans Frau Fiona eine längere Korrespondenz darüber geführt, wie man sicherstellen könne, dass auch Golan am Gespräch teilnahm, während sie und Jochi dafür sorgten, dass Elizur vor dem Bildschirm sitzen würde. Es gelang.

Matt bedankte sich sogleich enthusiastisch für das original Yankees-Dress, das die Großeltern ihm geschickt hatten und das er sich fürs Gespräch übergezogen hatte. Er erzählte von der am Abend bevorstehenden Party, freute sich auf die Ferien in Golans und Fionas Ferienhaus in Maine – woanders als ins eigene Häuschen konnte man derzeit ohnehin nicht reisen –, und fragte die Großeltern artig nach ihrem Ergehen. Es war geplant, dass Golan nach dem Gespräch mit Matt dann noch etwas mit den Eltern plaudern würde, während Kinny sich langsam zurückzöge.

Doch Elizur spielte nicht mit. »Dreizehn Jahre, Matt, weißt du, dass das ein sehr besonderer Geburtstag ist?«

Matt reagierte etwas verunsichert. »Man wird ein richtiger Teenager«, sagte er.

»Ja, das wohl auch«, meinte Elizur unbeirrt. »Aber ich meine für einen jüdischen Jungen.«

Matts Gesicht hellte sich auf. »Oh, du meinst die Bar Mitzwa.«

»Also mindestens das weißt du«, sagte Elizur, aber Kinny vermisste jede Spur von Lächeln auf seinem Gesicht. Es fiel ihr auch erstmals auf, dass das Englisch ihres Vaters stärker osteuropäisch als hebräisch eingefärbt schien.

»Matt, vor ein paar Tagen am Schabbat, da war ich in unserem Gottesdienst, den wir derzeit immer draußen abhalten, und ich hörte der Toralesung zu. Ich dachte: Das wäre nun der Wochenabschnitt, den mein Enkel heute zur Bar Mitzwa vorlesen würde, Wort für Wort, und ich wäre der stolzeste, glücklichste Großvater der Welt. Weißt du, Matt, die Tränen sind mir die Wangen heruntergelaufen.«

Jochi knuffte ihn, außerhalb des Sichtfelds der Bildschirmkamera, heftig in die Seite. Matt blickte ratlos zu seinem Vater, dessen Gesicht sich verfinsterte.

»Matt«, sagte Jochi bemüht und verhaspelte sich dabei, »wir … wir sind auf jeden Fall sehr stolz auf dich, du bist ein wundervoller Junge.«

Matt lächelte schwach. »Okay, ich muss dann mal weiter. Danke nochmals für das Trikot.«

»Danke, *Aba*«, sagte Golan, als Matt hinter ihm den Raum verlassen hatte. »Du hast es uns mal wieder so richtig gegeben. Matt wird mich jetzt noch wochen- oder monatelang fragen, ob ihm sein Großvater böse ist, dass er nicht jüdisch ist. Ihn beschäftigt so was. Er will ein guter Junge sein und es allen recht machen. Wie kann er wissen, dass er einen Großvater hat, der ihn verachtet, weil er der ist, der er ist, und vor allem: Was kann er dafür? Ihr könnt mich echt alle mit eurem nationalistisch-klerikalen Fanatismus.«

»Golan«, rief Jochi verzweifelt und viel zu laut dafür, dass sie auf dem Balkon saßen und man sie im ganzen Hinterhofgeviert hören konnte. »Er meint es nicht so. Du weißt doch …« Aber sie sprach nur mehr zu ihrem eigenen Spiegelbild. Golan hatte sich ausgeklinkt.

Den Rest des Tags über sprach Jochi kein Wort mehr mit Elizur, der ihr immer wieder nachlief und verständnislos fragte, was er denn jetzt wieder falsch gemacht habe.

Während der folgenden Tage arbeitete Nissims Team alles ab, was auf Yoav Koltovs mögliche Verwicklungen in den Mord hinweisen hätte können. Noch am Abend nach der Vernehmung war der Durchsuchungsbeschluss der Staatsanwaltschaft da, und Yoavs Wohnung im noblen Tel Aviver Stadtteil Ramat Aviv wurde auf den Kopf gestellt, Computer und Telefone konfisziert, während Yoav vollständig überrumpelt danebenstand. Die Nummernschilder der von Kameras erfassten Wagen, die in der halben Stunde nach dem Mord an unterschiedlichen Stellen Jerusalems gefilmt worden waren und mit ziemlicher Sicherheit auch das Auto des Attentäters aufgezeichnet hatten, wurden fieberhaft auf ihre Besitzer und deren mögliche Beziehungen zu Yoav Koltov untersucht, von den sehr wenigen Mietwagen, die zu Zeiten des *seger* nach Mitternacht auf den Straßen Jerusalems unterwegs waren, wurden die Mieter ermittelt.

Kinny hatte dem offiziellen Vernehmungsprotokoll eine inoffizielle Notiz beigelegt, in der sie klare Anzeichen der Körpersprache Yoavs während des Gesprächs so deutete, dass er womöglich nicht die Wahrheit sagte. Sie habe ihn absichtlich die Maske entfernen lassen, um auch seine Mimik während des Gesprächs besser studieren zu können. Sie verwies auf plötzliches, unmotiviertes Lächeln, häufiges Blinzeln und einige andere Anzeichen, die alleine noch nicht zu einer Überführung ausreichten, aber die Verdachtsmomente untermauerten.

Gleich vier Anwälte hatte Ruven Koltov engagiert, die auf allen möglichen Ebenen zu intervenieren und den Ermittlungsprozess gegen seinen Sohn aufzuhalten versuchten. Nissim betrachtete deren Störmanöver vor allem als Verzögerungstaktik und als Bestätigung, dass die Ermittlungen die Familie Koltov aus der Ruhe brachten.

Eigentlich gestaltete sich alles noch viel einfacher als erwartet, fast beängstigend einfach. Eine der untersuchten Kameras hatte einen schnittigen Zweisitzer aufgenommen, der wenige Minuten nach der Tat unweit des Tatorts stadtauswärts unterwegs war und dessen Nummer auf Yoav Koltov eingetragen war. In Koltovs Wohnung hatte sich das Prepaid-Handy gefunden, von dessen Nummer der anonyme Anruf abgegangen war, den Rotem in Ruchamas Büro entgegengenommen hatte. Sie waren schnell genug gewesen, und er hatte sich sicher genug gefühlt, dass er dieses Gerät noch nicht entsorgt hatte.

Es dauerte nur drei Tage, und Yoav Koltov saß wieder im selben Verhörraum. Diesmal trug er eine gewöhnliche Einwegmaske, die hereinstürmenden Beamten hatten ihm keine Zeit gelassen, sich noch mit witzigen Accessoires auszustatten, bevor sie ihn in Handschellen abführten und, wie es die Polizei in Israel mochte, mit Blaulicht aus Tel Aviv nach Jerusalem karrten, schneller als er es je mit seinem Straßenflitzer geschafft hatte.

»Schade«, meinte Kinny. »Ich hatte Ihnen geglaubt«, als sie ihm die Kameraaufnahme gezeigt hatten.

»Ja, und deshalb haben Sie mir wohl auch noch am selben Abend die Bude auf den Kopf stellen lassen«, sagte Yoav bitter.

»Ich hatte Ihnen nicht geglaubt, deshalb«, sagte Nissim. Er und Kinny blieben, wie nah oder fern sie sich im Augenblick auch stehen mochten, ein perfekt eingespieltes Team.

»Ich sage nichts ohne meinen Anwalt«, erklärte Yoav.

Kinny und Nissim verließen ohne weiteren Kommentar den Verhörraum. Yoav blieb gut zweieinhalb Stunden alleine drin, erst verschüchtert, dann schimpfend, danach zeternd, schreiend und nur von einschreitenden Wachleuten daran gehindert, das Mobiliar und die technische Einrichtung zu zertrümmern, am Ende wieder ruhig, beinahe sediert, teilnahmslos. Kinny, die den größten Teil der Zeit im Vorraum durch das Beobachtungsfenster zugeschaut hatte, ordnete an, ihm keine Handschellen anzulegen.

Sie rief Nissim an, der wenige Minuten später bei ihr war. Zusammen gingen sie wieder hinein.

»Also, Yoav«, sagte Nissim. »Und jetzt die Wahrheit.«

Alle Wut und Energie schienen aus Yoav gewichen. »Gut, ich war in Jerusalem an diesem Abend, okay? Wirklich nicht weit weg vom Tatort. Ich hatte an der Grenze der Quartiere Talbiyeh und Katamon geparkt, gegenüber vom Theater. Irgendwann zwischen Mitternacht und ein Uhr morgens dürfte ich mich auf den Heimweg gemacht haben. Die Sirenen der Polizei und der Sanität habe ich noch gehört. Es muss also tatsächlich gleich nach dem Mord gewesen sein.«

»Und was haben Sie genau zu dieser Uhrzeit, als eine Person, die Sie kurz zuvor telefonisch bedroht hatten, mit ihrem Mann zusammen ganz in der Nähe erschossen wurde, am Rand von Katamon gemacht?«, fragte Nissim in beiläufigem Ton, während er so tat, als machte er sich Notizen.

Yoav druckste herum. »Es wohnt dort jemand, den ich besuchte«, erklärte er schließlich.

»Ist doch perfekt!«, meinte Kinny. »Ein Alibi. Dann brauchen wir nur noch Namen, Adresse und Telefonnummer.«

»Das geht eben nicht.«

»Warum denn? Ist es eine verheiratete Frau? Wir können diskret sein.«

»Nein, keine verheiratete Frau.«

»Oder ein verheirateter Mann?«

»Nein, das auch nicht. Aber ein Mann.«

*»Big Deal«*, sagte Nissim. »Damit holen Sie doch heute keinen Hund mehr hinter dem Ofen hervor. Sie stehen unter Mordverdacht, Yoav!«

»Sie wissen gar nicht, wie viele Hunde ich hinter dem Ofen hervorholen würde«, sagte Yoav.

Kinny fand es ätzend, diesem verwöhnten Jungen zuzusehen, wie er sich wand und meinte, irgendein Riesengeheimnis zu hüten, während es keinen Hinweis darauf gab, dass er unschuldig am Tod von Ruchama und Gil war.

»Ihr entschuldigt mich«, sagte sie und stand auf. Sie verließ, Nissims fragende Blicke im Rücken, den Raum, ging die Treppe hinunter zum Parkplatz, stieg ins Auto und fuhr in ihr Büro im Industriequartier von Talpiot.

# 14

Sie hatte ihr Handy mit Bedacht abgestellt und hörte deshalb erst am Abend Mias aufgeregte Sprachnachricht vom Nachmittag. »Du wirst es nicht glauben, *Aba* hat das Mirage-Projekt bekommen! Ich bin platt. Ruf ihn doch bitte an und gratulier ihm. Mir zuliebe. Kuss.«

Zuerst rief sie Mia zurück, die noch immer aufgeregt war. Sie selbst habe mit der Entscheidung natürlich nichts zu tun gehabt, aber nach dem, was die Kollegen erzählt hätten, sei es Ido gewesen, der sich für das Projekt ins Zeug gelegt habe.

»Na, dann kann dich dein Vater wohl bald selbst anstellen, was meinst du? Dann kannst du selbst zu bauen beginnen.«

Nein, so undankbar sei sie nicht, sagte Mia, dass sie einen Ort, der ihr in der Not Unterschlupf geboten habe, gleich wieder verlasse, weil es eine andere Option gebe. Sie habe sich gut eingelebt im Bauamt. »Und Beamte zu sein hat ja auch seine Vorteile, wie du weißt«, kicherte sie.

Nach kurzem Zögern rief Kinny danach Ariel an. Mia zuliebe, wie sie sich versicherte. Er klang leicht beschwipst, im Hintergrund hörte sie eine ziemlich laute Gesellschaft.

»Entschuldige, wir feiern hier grad ein wenig. Der

Sekt ist nur leider warm, zum Kaltstellen war gar keine Zeit mehr. Aber vielen Dank, dass du anrufst.«

»Ich freu mich für dich.«

»Das ist schön, Kinny, dass du das sagst. Diesen Satz zu hören gibt mir das Gefühl, dass wir es geschafft haben.«

Es fühlte sich an wie ein Schlag in die Magengrube. Was hatten sie denn geschafft? Eine Scheidung, bei der sie nach einigen anständigen und mehreren furchtbaren gemeinsamen und getrennten Jahren imstande war, ihm mit einer banalen Formel für einen beruflichen Erfolg zu gratulieren? Gaben einem anderthalb Promille Alkohol im Blut das Recht, solchen pathetischen Dreck zu reden?

»Schade, dass Gil das nicht mehr erlebt«, sagte sie, und fügte spitz hinzu: »Er hätte sich noch mehr für dich gefreut als ich.«

»Der arme Gil.« Er fragte immerhin nicht weiter, wie die Ermittlungen stünden.

»Auf jeden Fall feiert noch schön«, meinte Kinny, den Finger bereits über dem roten Punkt auf dem Display.

»Danke – und wenn du das nächste Mal nach Rischon kommst, wirst du schon …« Irgendjemand lenkte ihn ab, er sprach nach hinten, halb belustigt, halb ernst. Sie legte auf.

Es war grad etwas viel. Das unheilbare Zerwürfnis zwischen ihrem Vater und Golan, die sonderbare Beziehung zu Ariel, mit dem sie längst abgeschlossen hatte, aber, obwohl sie es sich dauernd einredete, nicht genug, um sich nicht mehr über ihn zu ärgern. Und mit Nissim schien alles eingefroren. Sie sendeten nicht auf derselben

Wellenlänge, er würde nie über die unterschwellige Vermutung hinwegkommen, dass sie in ihm eben doch nur einen emporgekommenen *Ars* sah, und er selbst würde sie immer als versnobtes Akademikerkind betrachten, das schön lautstark für moralische Integrität eintreten konnte, weil ihr ohnehin alles in die Wiege gelegt worden war und sie um nichts hatte kämpfen müssen. Die Geschichte mit Tzippi hatte aufgezeigt, in welch unterschiedlichen Welten sie lebten. Er meinte, man müsse einzelne Probleme aus dem Weg räumen, während sie sich eingestand, dass das ganze System verrottet war.

Aber immerhin, er hatte ihr einen Antrag gemacht.

Oder genauer, er hatte ihr einen Antrag machen wollen, und sie hatte ihn vermasselt.

Sie rief ihn an.

»Ach, die Frau Kollegin, wie zuvorkommend, dass Sie anrufen«, meldete er sich. »Wieso hast du dich denn einfach mitten im Verhör heute davongemacht? Ist das dein neues Verständnis von Teamwork?«

»Nissim«, sagte sie und versuchte anschmiegsam zu klingen.

»Oder wieder irgendein psychologischer Trick, den ich nicht durchschaue? Lass die beiden Kerls mal ungefiltert aufeinander los, dann wird das schon mit dieser Mordermittlung.«

»Nissim.«

»Wir hatten ihn gerade weichgekocht, da beschließen Ihre Exzellenz, den Raum zu verlassen und auch nicht mehr zurückzukehren. Danach scheint sie sich auch nicht dafür zu interessieren, wie es eigentlich weitergegangen ist mit unserem Patienten.«

»Kommst du später noch zu mir, Nissim? Ich koche uns was Feines. Dann kannst du mir alles erzählen.«

Einen Moment lang schwieg er.

»Kinny, ehrlich, ich weiß nicht, woran ich bei dir bin. Diese Spielchen immer, mal das zuckersüße Wesen, dann wieder die gestrenge Wächterin über Sitte und Moral, das macht mich echt mürbe. Ich weiß nicht, ob ich das fortsetzen möchte.«

Sie wollte sagen: »Gib uns noch mal eine Chance«, schreckte aber davor zurück. Das hätte gerade die Verbindlichkeit aufgebaut, die sie nicht wollte, zumindest nicht im Augenblick. Sicher nicht nach dem Gespräch mit ihrem Ex.

»Ich würde mich einfach freuen, wenn du kommst«, sagte sie.

Er knurrte etwas, was sie nicht verstand.

»Acht Uhr passt ausgezeichnet«, sagte sie. »Bis dann.«

Er kam gegen neun, was nicht weiter schlimm war, weil sie mit Kochen knapp dran war, und brachte zwar einen Blumenstrauß, war aber eher nachlässig gekleidet. Zur Begrüßung kein Kuss, keine Berührung, so als wäre er unbedingt darauf erpicht, die Abstandsregeln einzuhalten. Alles an ihm wirkte so, als wüsste er nicht, was er mit dieser Einladung anfangen sollte. Es erleichterte ihn, ihr später bei Tisch über den weiteren Verlauf des Verhörs erzählen zu können.

Yoav Koltov sei, so hatte er erzählt, an diesem Abend in Jerusalem in der Alkalay-Straße gewesen. Er hatte extra ein paar Straßen weiter geparkt, um alles möglich diskret zu halten – wie er es immer tat, wenn er dorthin ging.

»Und wen hat er in der Alkalay Straße getroffen?«

»Den Sohn des Premierministers.«

»Alle Welt weiß, dass sie befreundet sind. Aber was tut der in der Alkalay? Der wohnt doch mit Mama und Papa noch immer in der Residenz ein paar Hundert Meter weiter?« Das halbe Land sprach, teils spöttisch, teils verärgert darüber, dass der bald dreißigjährige Sohn des Premierministers auf Staatskosten in der Residenz lebte und anscheinend den lieben langen Tag nicht viel anderes tat, als von dort aus giftige Posts gegen alle tatsächlichen oder vermeintlichen Gegner seines Vaters abzusenden.

»Er hat dort eine kleine Wohnung gemietet, und manchmal verbringt er da seine Zeit.«

»Ja, und? So unsympathisch mir dieser Typ ist – daran ist doch nichts Anrüchiges.«

»Yoav nannte die Wohnung auch Liebesnest.«

»Dort hält er seine Schäferstündchen ab? Mit Yoav Koltov?«

»Das behauptet der. Er sagt, sie hätten sich an diesem Tag spontan verabredet, weil sie sich schon lange nicht mehr gesehen hätten. Yoav sei am frühen Abend zu ihm nach Jerusalem gefahren, aber nachts dann wieder zurück, weil sie vermeiden wollten, dass er dort von irgendwem am Morgen gesehen würde.«

»Nehmen wir mal an, dass das stimmt – was wäre so schlimm daran, wenn der Sohn des Premierministers schwul ist? Ein Minister seiner eigenen Partei lebt ja offen mit einem Mann zusammen. Damit scheinen sich auch die Konservativen heute abgefunden zu haben. Und sogar die Orthodoxen in der Koalition. Und das sind ja alles beileibe keine Schwulenfreunde.«

»Dasselbe habe ich Yoav auch gesagt. Er behauptet, man könne das nicht vergleichen. Dieser Minister ist eine schwache Figur, an dem hängt nichts. Aber der Premier und seine Familie, das sind für seine Anhänger Ikonen. Da gelten andere Maßstäbe, da sind sie weniger tolerant. Daran ändert nichts, dass der Premier es bei keiner Gelegenheit versäumt zu erwähnen, dass es in Israel Gay Pride Paraden gibt, während in den arabischen Ländern Todesurteile gegen Homosexuelle verhängt werden. Kommt hinzu, dass die Familie und besonders dieser Sohn bei Millionen Evangelikalen in Amerika riesig populär ist. Da kommt so was gar nicht gut an. Denk an das politische und finanzielle Gewicht, das die haben.«

»Und warum sagt er nicht einfach: Okay, ich hab den besucht, alle Welt weiß, dass wir Freunde sind, wir haben ein paar Gläser getrunken und was geraucht oder eine Line gezogen, dann bin ich wieder gegangen. Warum diese Beziehung ausbreiten?«

»Klar, das hätte auf der Hand gelegen. Er meinte, das sei sein größtes Dilemma gewesen, ob er vielleicht diesen Teil erzählen und über den Charakter seiner Beziehung zum Sohn des Premiers schweigen soll. Aber er habe sich dagegen entschieden. Wenn er jetzt schon erzählt, meint er, dann gleich mal die ganze Wahrheit. Mit Halb- und Unwahrheiten sei er nicht gut gefahren. Das mit der Wohnung vom Sohn des Premiers in der Alkalay stimmt jedenfalls schon mal, das haben wir nachgeprüft.«

»Das Ganze wirkt irgendwie abgefahren. So als bräuchte er einen nachträglichen Grund dafür, dass er am Anfang nicht schlicht und einfach die Wahrheit gesagt habe. Denn es könnte doch genauso gut sein, dass der Sohn des Premiers und Yoav zusammen die Wacholders umgebracht haben. Das sind doch zwei vollkommen derangierte Typen. Ich würde denen das zutrauen, auch dieses ›Allahu Akbar‹ beim Wegrennen und alles. Und dass der Sohn des Premiers in Erfahrung bringen kann, wo eine prominente Abgeordnete von dessen Partei wohnt und was ihre Gewohnheiten sind, ist ohnehin ziemlich naheliegend, nicht? Einer schießt, einer wartet im Auto. Danach geht's erst in die Alkalay, wo einer aussteigt, der andere fährt nach Tel Aviv weiter.«

»Und sein Auto wird gefilmt.«

Kinny sah ihn einen Moment schweigend an, dann nickte sie langsam, als müsste sie selbst erst begreifen, was sie da gesagt hatte. »Das wäre ja ein Ding!«, meinte sie schließlich. »Hast du mit dem Polizeipräsidenten gesprochen?«

»Ja. Aber er war schon längst im Bild.«

»Koltovs Anwälte.«

»Genau. Die geben sich mit einer kleinen Nummer wie mir gar nicht erst ab. Da wird oben eingestiegen. Aber vorerst bleibt der Junge in U-Haft.«

»Und die Medien?«

»Im Moment hat noch niemand ein Interesse, dass die was erfahren. Wir halten den Ball jedenfalls flach.«

Nissim ging nach dem Essen, wie er gekommen war, freundlich, aber distanziert, fast etwas linkisch, ohne Berührung. Hatte sie am Ende ihren Reiz für ihn verloren? Missmutig räumte sie ab, stellte das Geschirr in die Spülmaschine, ging ins Badezimmer und betrachtete sich im Spiegel. Natürlich, man fand immer etwas an sich auszusetzen, wenn man sich so anschaute, noch dazu, wenn man schlechter Laune war, müde und nicht mehr zwanzig. Aber es war nicht die eine oder andere Falte, die ihn auf Distanz hielt, es war das, was er zuvor am Telefon gesagt hatte. Er war sich nicht sicher, woran er bei ihr war. Oder anders ausgedrückt: Er wollte mehr, oder er wollte gar nichts. Sie waren an den Punkt geraten, an den Kinny nie gewollt hatte und von dem sie immer geahnt hatte, dass er kommen würde.

Als sie wenig später im Bett lag, mit einem Buch in der Hand, war sie nicht unzufrieden, dass sie allein war. Aber auf die Lektüre konnte sie sich auch nicht konzentrieren, und als sie das Licht löschte, wälzte sie sich hin und her. Waren sie tatsächlich einem Mord auf der Spur, in den das nächste Umfeld des Premierministers, vielleicht sogar sein Sohn, involviert war? Sie wusste, dass jeder weitere Schritt dreimal vorbedacht und abgewogen werden musste. Das begann schon beim Motiv, das diese beiden gehabt haben mussten. Konnte der Hass so tief sein, dass sie tatsächlich Ruchama und ihren Mann kaltblütig zu töten bereit waren? Hielten sie diese Hinterbänklerin, auch wenn sie einen gewissen Namen in der Politik hatte, für derart bedrohlich? Oder ging es generell um Einschüchterung der innerparteilichen Opposition? Aber wenn ja, warum dann der muslimische Glaubensruf? Irgendwie erschien das alles konstruiert und unglaubwürdig, und auf dieser Basis noch mehr Staub aufzuwirbeln, der in die nächste Nähe des politischen Zentrums führte, schien zu riskant. Sie brauchten irgendetwas Handfesteres, wenn sie diese Spur weiterverfolgen wollten.

Kinny tat das, von dem sie wusste, dass es die schlechteste Lösung war, wenn man nicht einschlafen konnte. Sie griff sich das Handy vom Nachttisch und begann fieberhaft nach allem zu suchen, was sie über Ruchama Wacholder aus den Monaten vor dem Mord finden konnte. Da gab es entlegene Artikel über Gesetzesvorstöße, ein paar belanglose Interviews und sogar eine Homestory mit hübschen Fotos des Hauses in Rischon und einem gutgelaunten Gil in der Hängematte. Sie wusste nicht, wonach sie wirklich suchte – aber nach einer knappen halben Stunde fand sie es, und ihr Mund stand offen.

Ruchama Wacholder, so war hier zu lesen, hatte Anfang des Jahres eine Gesetzesvorlage angestrengt, die mehr Transparenz und Kontrolle bei privaten Sicherheitsdiensten verlangte, und zwar nicht nur bei inländischen, sondern auch bei ausländischen Einsätzen. Der Artikel, der darüber berichtete, war nicht besonders lang, die Sache schien zu diesem Zeitpunkt noch nicht weit gediehen, aber offenbar bestanden Kontakte zu den orthodoxen Parteien, die Ruchama dazu bewegen wollten, ihre postulierte Rolle als moralische Hüterin des Judentums wahrzunehmen und entsprechenden Druck in der Koalition aufzubauen. Sie schickte den Link mit dem Artikel an Nissim.

Fünf Minuten später surrte ihr Telefon.

»Du meinst, das belastet Ruven Koltov?«, fragte Nissim. Die Müdigkeit war seiner Stimme anzuhören.

»Ich weiß nicht, wo die Sache zum Zeitpunkt des Mordes stand. Aber wenn du mich fragst: Das zielte direkt auf A-Security, und sicher war Ruven Koltov sehr daran interessiert, dass diese Gesetzesvorlage nicht weiterentwickelt wurde. Israel ist das Zentrum seiner ganzen weltweiten Aktivitäten. Da ist er auf Beinfreiheit angewiesen.«

»Du meinst, dann kam auch die Drohung, die sein Sohn gegenüber Rotem aussprach, indirekt von ihm.«

»Ich glaube nicht, dass Ruven so blöd war, Yoav diesen Auftrag zu geben. Eher war Yoav blöd genug zu meinen, er würde seinem Vater einen Gefallen tun, wenn er Ruchama einschüchterte.«

»Aber wenn du Ruven wirklich verdächtigst – woher wusste er, dass Ruchama und Gil mit dem Hund …«

»Tzur Duchan, Koltovs Busenfreund, der jetzt in seiner Firma arbeitet …«, meinte Kinny. »Anzunehmen, dass er ein bisschen was über die Gewohnheiten seiner Chefin wusste.«

»Okay«, sagte Nissim gedehnt. »Aber hat dann Yoav im Auftrag seines Vaters …«

»Vergiss Yoav. Tzur Duchan wohnt in Jerusalem in der Mevo-Yoram-Straße, ich habe das gerade gecheckt. Ein kleines Sträßchen in Katamon, ich kenne es. Genau in der Fluchtrichtung des Täters, die Treppe hinauf, über den Verkehrskreisel und die nächste Seitenstraße rechts. Drei Minuten vom Tatort, wenn du dich richtig sputest und einigermaßen fit bist.«

»Aber hat nicht jemand gesehen, dass da beim Kreisel ein Auto mit laufendem Motor stand?«

»Das ist eine sehr unklare Aussage. Jemand ging vorbei, sah ein Auto, das etwas ungewöhnlich beim Kreisel stand, kurz bevor die Schüsse zu hören waren. Ob der Motor lief, konnte er nicht bestätigen, dass jemand drinsaß und wartete, ebenso wenig. Kurzum: Der Zusammenhang zwischen einem eigenartig hingestellten Wagen beim Verkehrskreisel und dem Mord ist eine sehr unsichere Hypothese. Wir hatten das bis jetzt angenommen, aber es ist keineswegs zwingend so.«

»Angenommen, deine Vermutung stimmt. Dann könnte es natürlich auch sein, dass Tzur nur den Tipp gegeben hat, und Koltov hat irgendwelche von seinen Sicherheitsleuten gedungen, um das zu erledigen. Und die sind dann tatsächlich mit dem Auto weggefahren.«

»Ja, könnte sein. Andererseits ist es verdammt riskant, auf so was eigene Angestellte anzusetzen, selbst wenn sie dazu bereit wären. Da nimmst du lieber einen alten Freund und entschädigst den anständig.«

»Ich gehe der Sache nach. Gute Nacht.«

»Schade, dass du nicht dageblieben bist.«

»Vielleicht nicht. So waren wir beide unruhig genug, um noch wach zu sein.«

»Bist du einsam?«

»Klar bin ich einsam. Ich werde was dagegen tun müssen.«

»Deshalb hättest du dableiben sollen.«

»Kinny, ich mag das jetzt nicht vertiefen. Aber ich glaube nicht, dass mich das weniger einsam gemacht hätte. Ich muss längerfristig schauen.«

»So? Schon was Konkretes in Aussicht?«

»Kinny, müssen wir jetzt darüber reden? Es ist mitten in der Nacht.«

»Wann willst du denn darüber reden? In der Dienstzeit?«

»Ich habe jemanden getroffen. Aber ich weiß noch nicht, ob mehr daraus wird.«

»Ich verstehe.«

»Gute Nacht, Kinny.«

Sie sagte nichts, aber blieb am Apparat.

»Ich lege jetzt auf, Kinny, ja?«

»Und schläfst friedlich den Schlaf der Gerechten. Während ich noch ein paar Stunden hier rumtigere.«

»Ich habe mehr gewollt, Kinny. Wirklich. Du weißt es.«

»Ja, das ist wohl das Problem. Du willst mehr oder gar nichts. Ich mochte es gerade so, wie es war.«

»Du weißt, ich bin nicht religiös, aber als ich ein Kind war, da kannte ich einen Rabbiner in der Nachbarschaft. Der hat immer gesagt: ›Man kann gut milchig leben, man kann gut fleischig leben, aber immer *parve*, das geht auf die Dauer nicht.‹ So war unsere Beziehung. *Parve*.«

»Veganer leben immer *parve*.«

»Ja, aber ich bin kein Veganer. Sicher nicht in Beziehungsdingen. Und ich glaube, tief in deinem Innern fühlst du einfach, dass ich nicht gut genug für dich bin. Gute Nacht.«

Kinny war betroffen. Aber sie weinte nicht. Sie tigerte auch nicht in der Wohnung herum. Sie ließ die Hände von allem Elektronischen, auch ein Buch rührte sie nicht mehr an. Sie lag im Dunkeln, weniger aufgebracht, als sie erwartet hätte. Als sie um halb sieben Uhr morgens erwachte, fühlte sie sich erstaunlich frisch.

# 15

Von Nissim hörte sie nichts. Ohnehin war an diesem Tag ihre Agenda prall gefüllt mit Supervisionen, die nun zum Teil wieder in Präsenz durchgeführt werden konnten. Sie stürzte sich mit Leidenschaft in diese Tätigkeit, bereitete die morgendliche Sitzung minutiös vor, las die älteren Berichte über die Gespräche mit der jeweiligen Gruppe, wusste, wo sie genauer hinhören musste – und war dann, als sie in einem großen Raum mit ihren Masken und offenen Fenstern bei abgeschalteter Klimaanlage schwitzend zusammensaßen, bestürzt. Das Virus, die Folgen des Heimunterrichts für die Familien, aber auch die vielen Erfahrungen mit Menschen, die aufgrund der Situation nervös, verängstigt und besonders aggressiv waren, hatten den Beamten mächtig zugesetzt. Sie gestanden es sich zum Teil nicht ein, wollten Härte, Loyalität und Widerstandskraft zeigen, aber mindestens zwei aus ihrer Gesprächsgruppe waren so mitgenommen, dass sie erwog, für sie eine vorübergehende Freistellung zu beantragen. Dazu würde es noch einiger Einzelgespräche bedürfen, deren erste sie auch gleich vereinbarte. Sie ging in die Mittagspause, zufrieden, wieder genau an dem zu arbeiten, was sie an diesem Beruf immer geliebt hatte. Sie war angetreten, um zu helfen und zu unterstützen. Klar, sie half aus, wenn die Ermittler sie brauchten, aber mit feindselig eingestellten, verschlossenen mutmaßlichen Verbrechern im Raum zu sitzen und sie nach allen Regeln der Kunst auszuquetschen, war letztlich die Sache von Leuten wie Nissim. Sie holte die Unterlagen zur nächsten Sitzung am Nachmittag aus der Schublade und biss in ihr Sandwich, während die Klimaanlage ihr kleines Büro in eine Oase angenehmer Kühle verwandelte.

Missmutig schaute sie auf, als ihr Telefon wieder surrte. Es war eine unbekannte Nummer. Sie zögerte, ob sie abheben sollte, womöglich war es wieder irgendein Werbeanruf, aber schließlich tat sie es doch.

»Kinny – entschuldige die Störung. Hier spricht Idit. Die Tochter von Gil und Ruchama.«

Kinny überkam ein leises Unbehagen. Sie hatte Idit und ihrem Bruder Ehud eine Beileidskarte geschrieben – beiden zusammen an die Adresse der Eltern in Rischon. Sie hatte sich schon damals nicht besonders gut gefühlt, es war eine etwas spröde Form der Anteilnahme. Aber an der Beerdigung teilzunehmen oder ein Besuch in der Trauerwoche waren schlicht nicht erlaubt gewesen, und ihre Telefonnummern hatte sie nicht. Umso erstaunter war sie nun, dass Idit sich bei ihr meldete.

»Idit – ich freue mich, dich zu hören.«

»Danke. Ich habe deine Nummer von Ariel bekommen, und wahrscheinlich kannst du mir ebenso wenig weiterhelfen wie er, aber ich wollte es doch versuchen.«

»Weiterhelfen womit?«

»Ich weiß, dass ihr früher mal die besten Freunde meiner Eltern wart. Gut, inzwischen sind viele Jahre vergangen, in denen ihr vielleicht weniger Kontakt hattet, aber vielleicht kannst du mir Auskunft geben in einer etwas mysteriösen Geschichte.«

»Das stimmt, in den letzten Jahren hatten wir nicht mehr so viel Kontakt. Vor allem ich nicht, Ariel noch eher. Aber erzähl mal.«

»Ehud und ich sind jetzt dabei, die ganzen Erbangelegenheiten zu regeln. Der ganze Wust halt, Abrechnungen, Konten, Steuersachen, Hypotheken und so weiter.«

»Klar. Sicher mühsam. Wahrscheinlich auch emotional belastend.« Kinny dachte daran, dass auch ihr das eines Tages bevorstehen würde, und beschloss im selben Moment, die Eltern nach der Arbeit zu besuchen.

»Ja, es muss halt gemacht werden. Jedenfalls, es gab da bei der Hypothek ihres Hauses eine eigenartige Bewegung. Die war eigentlich längst abbezahlt, und dann wurde sie vor etwa zehn Jahren mit der Summe von sechshunderttausend Schekel belastet.«

»War das nicht, als deine Eltern die Wohnung in Jerusalem kauften?«

»Nein, die kauften sie erst später, als meine *Savta* starb und sie was erbten. Das ist alles dokumentiert. Aber was diese Hypothek angeht, diese Schuld wurde nach zwei Jahren wieder getilgt, mithilfe einer Lebensversicherung, die meinem Vater ausgezahlt wurde. Ich habe das mit dem Bankbeamten angeschaut. Und da stellte sich heraus, dass die belastete Summe damals von meinem Vater allein aufgenommen worden war. Meine Eltern hatten sich gegenseitig das Recht zugesprochen, einzeln Geschäfte tätigen zu können, auch Hypotheken aufzunehmen. Dieses Geld aus der Hypothek war dann auf ein Konto geflossen, das meinem Vater gehörte, bei einer anderen Bank. Das dortige Konto wurde bald darauf saldiert, darüber kann ich keine Auskunft mehr erhalten.«

»Und nun fragst du dich, wo diese sechshunderttausend Schekel geblieben sind von dem saldierten Konto.«

»Ja. Denn es gibt beim besten Willen keine Möglichkeit herauszufinden, was mit diesem Geld geschehen ist. Keine Anschaffung, an die ich mich erinnern könnte, kein Grundbucheintrag, gar nichts. Sie waren ja nun keine Leute, die Geld einfach verprasst hätten. Aber auch das mit der Lebensversicherung ist eigenartig.«

»Weil er etwas jung war damals für eine solche Auszahlung?«

»Das auch. Aber es ist auch eine Versicherungsgesellschaft, von der ich noch nie etwas gehört habe. Sonst ist alles bei meinen Eltern immer über die großen, etablierten Firmen gelaufen, aber hier war es eine ganz unbekannte kleine arabische Versicherungsgesellschaft in Ramle, und ich frage mich, wie er an die geraten ist. Ja, und da wollte ich mich erkundigen, ob du irgendetwas weißt. Ob du mal erfahren hast, wozu er diese Hypothek aufnahm und ob er mal von dieser Firma in Ramle erzählt hat.«

»Nein«, sagte Kinny. »Leider kann ich dir nicht weiterhelfen, Idit. Aber wenn du mir den Namen von dieser Versicherungsgesellschaft gibst, kann ich Nachforschungen anstellen. Du weißt schon, Polizei und so.«

»Würdest du das wirklich tun? Das wäre sehr lieb von dir!«

»Keine Ahnung, ob dabei was rauskommt. Aber ich versuch's mal.«

Sie sprachen noch kurz über Familiäres, wie es Mia ging und Idits beiden Kindern, um die befremdlichen Angelegenheiten, über die sie soeben gesprochen hatten und die so gar nicht zu Idits Eltern zu passen schienen, mit etwas Normalität und Freundschaftlichkeit zu überdecken. Dann beendeten sie das Gespräch.

Der Nachmittag ließ Kinny keine Zeit, sich mit dem Anruf von Idit zu beschäftigen. Sie war wieder ganz bei ihrer Supervisionsgruppe. Diesmal war manches etwas entspannter. Dennoch – es würde viel zu tun geben in dieser Truppe während der nächsten Monate, so viel war klar. Als sie ins Büro zurückkam, fand Kinny eine Nachricht von Nissim vor. Er hatte Yoav gehen lassen, nicht ohne Verweis darauf, dass ihm wegen seines Drohanrufs noch ein Verfahren bevorstehen dürfte. Tzur hatte er zu einer weiteren Vernehmung aufgeboten. Ob sie dabei wäre? Beginn war in einer Stunde. Aber Kinny war erschöpft, auf ihrem Tisch lagen noch Unterlagen, Protokolle der beiden Sitzungen mussten geschrieben werden, und Nissim zu sehen war gerade nicht ihre erste Priorität. Sie schrieb kurz zurück, dass es nicht ginge, und wünschte Erfolg.

Der Zettel auf ihrem Schreibtisch mit dem Namen der arabischen Versicherungsgesellschaft erinnerte sie an das Gespräch mit Idit. Sie gab den Namen in eine Suchmaschine ein und landete auf einer Webseite, die fast vollständig in arabischer Sprache war. Obwohl sie sich nicht zurechtfand, machte sie eine Telefonnummer aus. Es war zwar schon nach fünf Uhr, dennoch rief sie an.

»Hallo«, meldete sich eine raue Männerstimme.

»Spreche ich mit Ahmad al-Muraissi?«

»Ja, wer ist am Apparat?«, fragte die Stimme mit einem heftigen arabischen Akzent zurück.

»Ich wollte mich einmal nach Lebensversicherungen erkundigen. Ist es möglich, bei Ihnen eine abzuschließen?«

»Ja, natürlich. Wer ist denn dran?«

Kinny nannte einen Phantasienamen.

»Am besten, Sie kommen bei uns vorbei. Dann können wir Ihnen alle Angebote unterbreiten.«

»Es ist so«, sagte Kinny, »dass ich die Lebensversicherung nicht für mich abschließen möchte.«

»Wie bitte?«

»Ich möchte die Lebensversicherung für jemand anderen abschließen. Einen lieben Geschäftspartner. Und ich würde mir wünschen, dass sie möglichst rasch ausbezahlt werden kann.«

Al-Muraissi räusperte sich. »Ich glaube, sie sollten mal herkommen, um das mit mir zu besprechen. Und vielleicht alles Notwendige gleich mitbringen.«

»Donnerstag um elf?«

»Perfekt«, sagte al-Muraissi.

»Um das gleich zu fragen: Wie viel beträgt Ihre Kommission?«

»Das besprechen wir Donnerstag um elf.«

»In Ordnung.«

Kinny wollte schon auflegen, da fragte er noch: »Wer hat mich Ihnen empfohlen?«

»Das sage ich Ihnen ebenfalls am Donnerstag um elf«, sagte Kinny hastig und legte auf. Mit einem kurzen Schrecken stellte sie fest, dass er jetzt ihre Handynummer besaß.

Sie überlegte nicht lange und rief Ariel an. Es war lange her, dass sie das zweimal innerhalb von zwei Tagen getan hatte.

»Ich hoffe, du bist mir nicht böse, dass ich Idit deine Nummer gegeben habe«, waren seine ersten Worte. »Ich habe ihr gesagt, dass du ihr wahrscheinlich auch nicht weiterhelfen kannst. Eigenartige Geschichte, nicht wahr?«

»Vor acht Jahren«, fragte Kinny, »was war da?«

»Wie meinst du das, was war vor acht Jahren? Ich glaube, damals hat Mia ihr *bagrut* gemacht, oder? Was meinst du sonst?«

»Stimmt. Und ich erinnere mich, dass in der Zeit, als Mia das *bagrut* gemacht hat, sie es ziemlich schwer hatte mit dir. Du warst schlecht drauf. Das war doch, als du den Auftrag nicht bekommen hast für diese Überbauung, die dir das Büro aus Tel Aviv weggeschnappt hat.«

»Ja, das mag sein. Schwamm drüber. Manchmal klappt's halt erst beim zweiten Anlauf.«

»Aber ist es nicht ein seltsamer Zufall, dass Gil gerade damals seine Lebensversicherung ausbezahlt bekommen hat, mit der er diese Lücke in der Hypothek wieder füllen konnte?«

»Keine Ahnung. Ich sehe den Zusammenhang nicht.«

»Er war ja selbst nicht in der Jury für diese Überbauung, wenn ich mich recht erinnere.«

»Das stimmt. Das war wegen meiner Beteiligung. Befangenheit und so. Habe ich natürlich akzeptiert.«

»Diese Versicherung in Ramle, hat dir Idit von der auch erzählt?«

»Ja, ich kann mir da auch keinen Reim drauf machen.«

»Ich schon.«

»Nämlich?«

»Geldwäsche. Ich komme mit einem Haufen Bargeld dahin, und der, dem dieses Bargeld zugehen soll, erhält es in Form einer Versicherungssumme mit allen notwendigen Policen auf ein Konto ausbezahlt.«

»Wie kommst du darauf?«

»Ich habe mit dem Typ dort telefoniert.«

»Und der hat dir das offen so gesagt?«

»Gewissermaßen schon. So offen, wie er halt konnte.«

»Kinny, willst du mir jetzt damit sagen, dass Gil für eine Entscheidung Bestechung angenommen hat, mit der er gar nichts zu tun hatte? Gerade Gil? Die ehrlichste Haut, die auf diesem Planeten herumlief?«

»Offenbar brauchte diese ehrliche Haut dringend viel Geld, um die Hypothek wieder abzubezahlen. Denn es ist anzunehmen, dass Ruchama nichts wusste von dieser Lücke und er jedenfalls vermeiden wollte, dass sie es mitbekommt. Nur weshalb er die Hypothek belastet hat, habe ich noch nicht herausgefunden.«

»Du kombinierst da etwas sehr waghalsig herum, findest du nicht, Kinny?«

»So, nun kommt der zweite Teil«, fuhr sie unbeirrt fort. »Natürlich hat Gil damals nicht das ganze Geld erhalten. Denn er konnte ja den Entscheid nicht mehr aktiv beeinflussen, nachdem er in den Ausstand getreten war. Dafür brauchte es jemand anderen. Den Leiter der Jury. Das war dann sein Stellvertreter, nicht wahr?«

»Ido Melzer meinst du.«

»Genau. Du warst ja auf den damals sauer, und Gil war fein raus, weil er sich rausgehalten hatte.«

»Und du denkst, dass Gil und Melzer beide Geld eingesackt haben?«

»Nicht nur das denke ich. Ich denke auch, dass du weißt, dass es so war.«

»Kinny! Wie soll ich denn das wissen? Wie kommst du darauf?«

»Weil du die Mirage-Ausschreibung gewonnen hast. Mit einem Scheiß-Projekt. Von dem alle im Bauamt sagten, dass es ein Scheiß-Projekt sei, und das Ido dennoch durchdrückte. Und vorher hat er noch unser Töchterchen angestellt. Gewissermaßen als Vorleistung.«

»Was fällt dir ein?«

Kinny atmete tief durch. »Hör zu, Ariel, ich bin einen Anruf davon entfernt, den Staatsanwalt darum zu bitten, dass er die Leute vom Betrugsdezernat ausrücken lässt, die den Laden da in Ramle auseinandernehmen, und dann kommt so manches ans Licht, relativ schnell, was unter anderem Gil und auch was Ido betrifft. Glaub mir, alles, was du mir erzählst, bevor das geschieht, kann dir persönlich nur nützen. Dann kann ich mich darauf berufen, dass du wichtige Hinweise zur Lösung mindestens eines Betrugsfalls wenn nicht eines Mordes gegeben hast. Dann bist du der Gute, der sein Herz etwas verspätet, aber immer noch rechtzeitig ausgeschüttet hat, und nicht der Fiese, der nachträglich bei unsauberen Geschichten ertappt wird.«

»Kinny!«

»Ich warte. Wenn ich aufgelegt habe, ist es zu spät.«

»Onlinepoker«, sagte Ariel schließlich seufzend. »Als die Kinder die Schule und das Haus verlassen hatten und er Abende lang allein zu Hause saß, weil Ruchama in Jerusalem Politik machte, begann Gil, im Internet Poker zu spielen. Wie das immer so geht, erst aus Spaß und Langeweile, dann immer verbissener.«

»Bis er ein paar Hunderttausend Schekel Schulden hatte.«

»Ja.«

»Die beglich er mit einer Hypothek auf das Haus. Hinter dem Rücken Ruchamas, in dauernder Angst, sie könnte das bemerken. Und ohne einen Plan, wie er den Fehlbetrag wieder reinholen könnte. Da kam das unmoralische Angebot aus Tel Aviv gerade recht.«

»Offensichtlich. Ich wusste das ja damals alles noch gar nicht.«

»Wann hast du es denn erfahren?«

»Im Frühjahr rief mich Gil an. Er war völlig fertig mit den Nerven. Er sagte, er rufe mich als Freund an und auch, um sich bei mir zu entschuldigen. Er erzählte mir das alles aus der Vergangenheit, von den Schulden, der Bestechung, seiner und Idos, und er sagte mir, dass er damit nicht mehr leben könne. Er hatte gegen alle seine Prinzipien verstoßen, und je mehr Zeit verging, desto mehr drückte ihn das Gewissen. Zuerst habe er der Sache entgehen wollen, indem er seine Stelle aufgab und in Frühpension ging, aber seine Selbstvorwürfe wurde er dadurch nicht los. Er sagte mir, er sitze an der Niederschrift eines Geständnisses, das er in den nächsten Tagen seinem Anwalt geben wolle, damit die Sache zur Polizei und an die Staatsanwaltschaft ginge.«

»Wie hast du reagiert?«

»Ich habe ihm gesagt, er solle überlegen, was er damit alles ins Rollen bringe. Vielleicht reiche es ja als Strafe, dass es ihm selbst das Leben verderbe, und er solle nicht eine ganze Lawine von Dingen lostreten. Aber er war völlig vernagelt.«

»Du hattest Angst, dass die Mirage-Ausschreibung gestoppt wird.«

»Ja, unter anderem. Ich denke nicht, dass mein Projekt ein Scheiß-Projekt ist. Es kam immerhin in die Runde der letzten drei. Aber das mag Ansichtssache sein. Jedenfalls wusste ich, wenn er jetzt zur Polizei geht, dann geht auch Ido hoch und das Amt kommt für Jahre unter Aufsicht. Dann verschwinden noch viel mehr mögliche Aufträge als nur das Mirage-Projekt. Und unser Büro ist nicht auf Rosen gebettet, ohne lokale Ausschreibungen wird es schwierig für uns.«

»Deshalb hast du gleich Ido angerufen, nachdem Gil aufgelegt hatte, nehme ich an.«

Ariels Stimme kippte plötzlich, sie wurde hoch, bekam einen flehenden Unterton. »Ich wollte ihn einfach warnen. Ich dachte, vielleicht findet er irgendeinen Weg, die Sache noch zu stoppen, mit Gil zu reden, irgendwas.«

»Er hat einen Weg gefunden. Er kannte Gil und Ruchama auch gut genug, um zu wissen, dass sie nachts noch ihr Hündchen ausführten.«

»Aber das wollte ich nicht! Das konnte ich doch nicht ahnen!«

»Du hast aber gleich verstanden, was Sache ist. Gleich am Tag nach dem Mord, als du mich angerufen hast, war dir das schon klar.«

»Ich hatte Ido schon am Morgen angerufen, gleich als ich die Nachricht hörte. Ich habe ihn angeschrien, getobt und gesagt, dass ich nun die Polizei anrufen würde. Und ich habe ihn gefragt, ob er tatsächlich noch jemand mit in diese Sache verwickelt hatte, ob es einen Fahrer gab, wie die Polizei vermutete. Er hat gesagt, er habe das Auto mit laufendem Motor stehen lassen und sei allein gefahren. Und er bat mich, nicht zur Polizei zu gehen. Seine Existenz hänge davon ab. Die seiner Familie. Er werde das an mir begangene Unrecht wieder gutmachen.«

»Das an dir begangene Unrecht? Er hatte zwei Menschen getötet!«

Zum ersten Mal in ihrem Leben hörte sie Ariel weinen. »Was sollte ich denn tun, Kinny? Was sollte ich denn tun?«

»Das fragst du mich?« Und sie wusste im selben Moment, was er dachte. In die aufrichtige Reue und den Schmerz über sein Versagen, seine unabsichtliche Kollaboration bei der Planung und die absichtliche bei der Vertuschung mischte sich eine sehr pragmatische Erkenntnis. Dass er jetzt das Mirage-Projekt ohnehin vergessen könne. Alles würde neu aufgerollt werden, nichts war gewonnen für ihn, im Gegenteil, nur schon der Umstand, dass Ido sein Projekt durchgesetzt hatte, machte alle seine Chancen zunichte. Nur Schuld, Verrat und Elend hatte er angehäuft. Und er war auf Gedeih und Verderb auf sie angewiesen, um nicht wegen Beihilfe zur Vertuschung einer Straftat angeklagt zu werden.

»Ich habe versprochen, dir beizustehen«, sagte sie schließlich. »Ich werde es tun.«

Danach schrieb sie eine Sprachnachricht an Nissim. »Ich habe einen interessanten Zeugenhinweis von unerwarteter Seite erhalten. Schau doch mal, ob sich eines der gefilmten Autos aus der Mordnacht einem gewissen Ido Melzer zuordnen lässt.«

Dann rief sie Idit an. Natürlich erzählte sie ihr nicht alles, nichts über den Täter und die Entstehung der Tat. Das musste nun den regulären Ermittlungsweg gehen. Aber wie das Geld von der Hypothek verschwunden und woher es wiedergekommen war, erzählte sie ihr. Zu Kinnys Erleichterung fragte Idit nicht nach einem Zusammenhang zwischen dieser Geschichte und dem Mord. Sie schwieg lange, und Kinny schwieg mit ihr. »Kann ein Vater zweimal sterben?«, fragte Idit sie schließlich.

»Nein«, sagte Kinny.

Es war bereits dunkel draußen, als sie ihr Büro verließ und abschloss. An ihrer Seite trippelte, gierig nach frischer Luft, nach Asphalt und Gras und den Gerüchen der Straße, der treueste Freund, der einzige, der ihr geblieben war. Im Erdgeschoss angekommen grüßte sie kurz zur diensthabenden Kollegin an der Pforte hin, stieß die schwere Glastüre auf und hielt sie offen.

»Na komm, Itztrubal. Feierabend.«

# *Glossar*

**Ars** Slang für junge, vulgäre Männer, in der Regel misrachischer Herkunft

**Bagrut** Abitur

**Haggada** Liturgie des Sederabends am Pessachfest, an dem die Befreiung der Israeliten aus Ägypten gefeiert wird

**Katzefet** wörtlich: Schlagsahne. Im Slang auch gebräuchlich für die höheren Gesellschaftsklassen

**Lechajim** wörtlich: zum Leben. Hebr. Trinkspruch vergleichbar mit »zum Wohl«

**Magen David Adom** »Rotes Davidschild«, israelische Organisation des Medizin- und Ambulanzwesens

**Matze (pl. Matzot)** Ungesäuerte Brotfladen, die am Pessachfest statt Brot gegessen werden

**Messila** wörtlich: Schiene, Bahnstrecke. Name der zu einer gut fünf Kilometer langen Spazier- und Radfahrstrecke ausgebauten ehemaligen Eisenbahnlinie zwischen dem alten Jerusalemer Bahnhof und dem Viertel Malcha

**Misrachim** Juden aus arabischen Ländern

**Moschaw** ländliche Siedlungsform in Jerusalem mit Kollektiv- und Privatbesitz

**Mukpatz** wörtlich: Gehüpftes. Unter Rühren gebratenes Fleisch und Gemüse nach asiatischer Art

**Pargiot** Oberschenkelfleisch vom Hühnchen, in Israel beliebtes Bratfleisch

**Parve** gemäß den jüdischen Speisegesetzen, die das Zubereiten und Genießen von Fleisch und Milch nur getrennt voneinander erlauben, ist ein Lebensmittel, das *parve* ist (also weder Milch noch Fleisch enthält) jederzeit und in jeder Kombination genießbar

**Rogelach** kleine gerollte Hörnchen mit einer Füllung (Schokolade o. Ä.), die zur Standardausstattung jedes Buffets in Israel gehören

**Schidduch** angebahnte Ehe

**Sederabend** erster Abend des Pessachfestes

**Seger** hebr. für Lockdown

**Tisha beAv** 9. Av, nach dem jüdischen Kalender der wichtigste Trauertag, an dem der Zerstörung beider Jerusalemer Tempel gedacht wird

## *Alfred Bodenheimer*

Alfred Bodenheimer, geboren 1965 in Basel, schreibt am liebsten mit Musik in den Ohren. Sie trage ihn in Denkräume, in denen die Figuren ihr Eigenleben entwickeln könnten. Das literarische Schreiben muss er wegen seiner Arbeit als Professor für Jüdische Literatur- und Religionsgeschichte an der Universität Basel auf wenige Wochen im Jahr beschränken. Dann allerdings sei es, als öffnete sich ein Ventil, und er gerate in einen Zustand ungebremster Euphorie. Bodenheimer pendelt seit einigen Jahren zwischen Basel und Jerusalem, wo seine Familie lebt. Im Kampa Verlag ist bereits sein Rabbi-Klein-Krimi *Der böse Trieb* erschienen.

KAMPA VERLAG

Alex Lépic
*Lacroix und der blinde Buchhändler von Notre-Dame*
*Sein fünfter Fall*

Kriminalroman

Commissaire Lacroix in der Welt der Bouquinistes – der lebenden und der toten.

Nicht nur Touristen lieben die Bouquinistes, deren grüne Klappkästen voller Bücher die Pariser Seineufer schmücken. Auch Commissaire Lacroix nutzt das herrliche Frühlingswetter, um nach dem *déjeuner* an den Verkaufsständen entlangzuschlendern. Aber muss der alte Mann mit der dunklen Brille ihm ausgerechnet einen Maigret-Roman empfehlen – wo doch jeder weiß, dass Lacroix seinen Spitznamen nicht leiden kann? Erst später begreift der Commissaire: Das war der berühmte blinde Buchhändler Hugo, der die literarischen Vorlieben seiner Kunden allein am Geräusch ihrer Schritte erkennt. Er wollte Lacroix nicht provozieren, sondern ihm lediglich ein gutes Buch empfehlen. Ein wenig beschämt kehrt Lacroix ins Kommissariat zurück, wo ihn der Chef der Pariser Kriminalpolizei erwartet: Ein junger Mann – auch er ein Bouquiniste – wurde tot aus der Seine geborgen, und seine Freundin ist von einem Verbrechen überzeugt.

»Hochspannung mit französischem Flair.«
*Ulli Wagner / Saarländischer Rundfunk*

KAMPA VERLAG

Matthias Wittekindt
*Vor Gericht*
*Ein alter Fall von Kriminaldirektor A. D. Manz*

Roman

Mit manchem Verbrechen ist es wie mit dem Leben.
Wir begreifen erst spät, worum es wirklich geht.

Kriminaldirektor a. D. Manz hat sich behaglich eingerichtet in seinem Ruhestand im Dresdner Umland. Er rudert auf der Elbe, kümmert sich um seine Enkelkinder. Doch dann reißt ihn ein Brief der Staatsanwaltschaft Berlin aus seinem Alltag: Manz soll vor Gericht aussagen. Es geht um einen Mord im Jahr 1990, seinen letzten Fall in Berlin, bevor er nach Dresden versetzt wurde. Jetzt, fast dreißig Jahre später, scheint der Mörder gefunden. Während Manz alte Akten sichtet, geschieht, was er nie wollte: Er versinkt in der Vergangenheit. Auch Vera erscheint vor seinem inneren Auge, die Kollegin, mit der er damals zusammengearbeitet hat und die kurz darauf plötzlich verstarb. Haben sie bei ihren Ermittlungen einen Fehler gemacht? Beim Prozess in Berlin muss Manz feststellen, dass etwas gründlich schiefläuft. Steht ein Unschuldiger vor Gericht? Die Aufklärung des Falles verschränkt sich untrennbar mit Manz' Blick in seine Vergangenheit, der Auseinandersetzung mit seinem Berufsleben, seiner Ehe, sich selbst. So steht am Ende auch Manz vor Gericht. Nur ist in diesem Fall er selbst der Richter.

»Matthias Wittekindt ist ein Fixstern
der zeitgenössischen Kriminalliteratur.«
*Tobias Gohlis / Die Zeit*